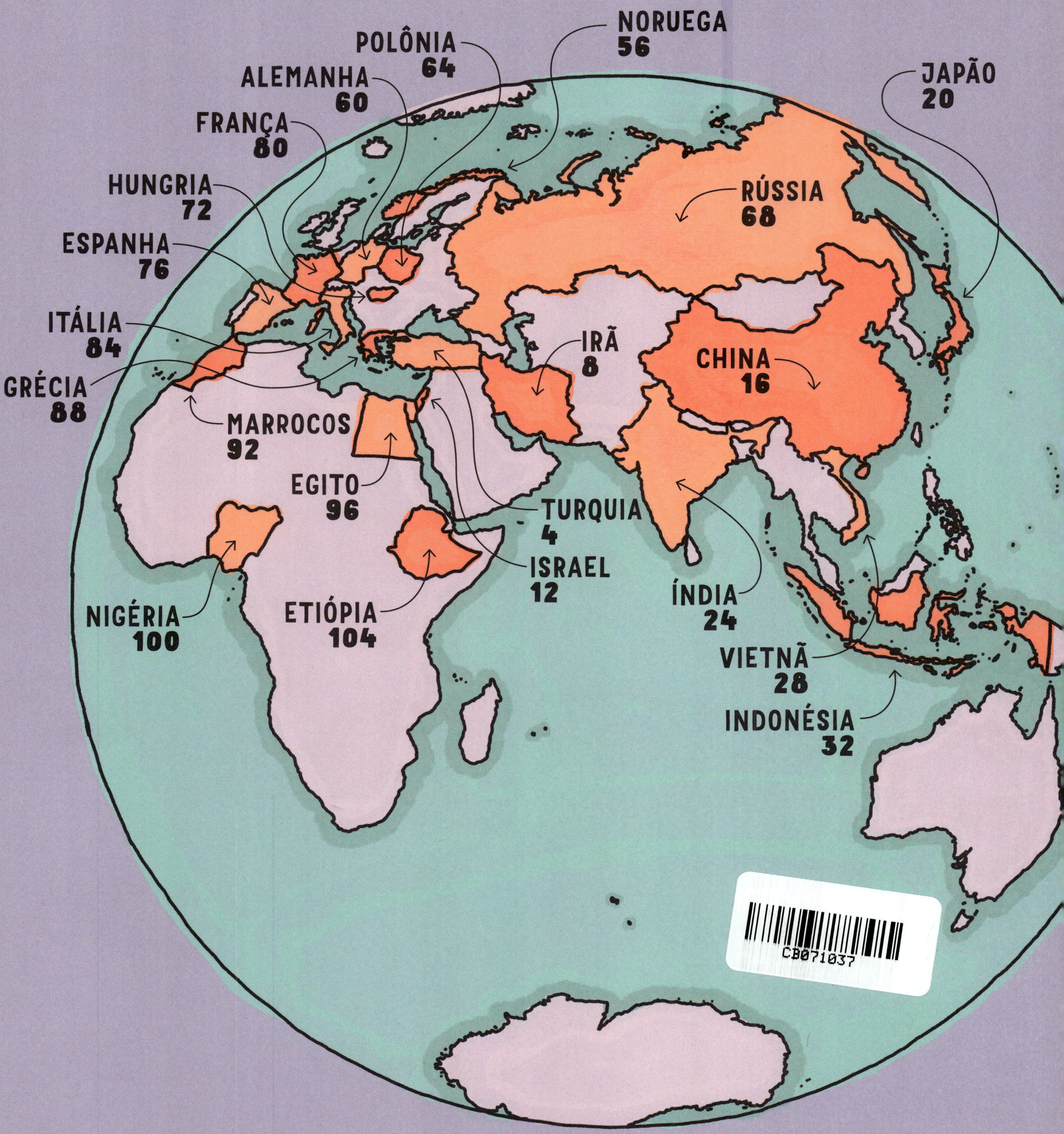

- NORUEGA 56
- POLÔNIA 64
- ALEMANHA 60
- FRANÇA 80
- HUNGRIA 72
- ESPANHA 76
- ITÁLIA 84
- GRÉCIA 88
- JAPÃO 20
- RÚSSIA 68
- IRÃ 8
- CHINA 16
- MARROCOS 92
- EGITO 96
- TURQUIA 4
- ISRAEL 12
- ÍNDIA 24
- NIGÉRIA 100
- ETIÓPIA 104
- VIETNÃ 28
- INDONÉSIA 32

um **índice cronológico**, que informa quando ocorreram os eventos aqui descritos e também nos leva por uma fascinante viagem no tempo. Já o **índice temático** permite a consulta pelo assunto do seu interesse.

▸ Mesmo que tivesse mil páginas, este livro não conseguiria contar toda a história da gastronomia. É por isso que tivemos de nos concentrar em determinado número de países, pois cada capítulo apresenta uma pequena amostra da cozinha e das tradições desses lugares. Além de clássicos da culinária, você encontrará produtos e pratos menos conhecidos, mas nem por isso menos interessantes. Fomos obrigados a deixar de fora muitas iguarias famosas e a descrever apenas uma vez certos pratos que são populares em mais de um país. Mas tudo isso que reunimos certamente vai abrir seu apetite e despertar sua curiosidade para os sabores do mundo.

RECEITAS

1 copo = 250 ml

4 İMAM BAYILDI
berinjelas recheadas
TURQUIA

6 KAYMAKLI KAYISI TATLISI
damascos recheados
TURQUIA

8 TAHCHIN MORGH
torta de arroz com frango
IRÃ

10 KUKU SABZI
omelete de ervas frescas
IRÃ

13 HOMENTASCH
biscoitos amanteigados com sementes de papoula
ISRAEL

14 HOMUS
pasta de grão-de-bico
ISRAEL

17 MAPO DOUFU
tofu em molho picante
CHINA

18 ZHOU
mingau de arroz
CHINA

21 MISSÔ
sopa com sabor umami
JAPÃO

22 ONIGUIRI
bolinho de arroz
JAPÃO

24 BARFI
barrinhas de leite
ÍNDIA

26 RAJMA CHAVAL
feijão com arroz
ÍNDIA

28 BÁNH XÈO
panquecas crocantes
VIETNÃ

30 BÁNH CHUỐI NƯỚNG
bolo de banana
VIETNÃ

32 OPOR AYAM
frango cozido no leite de coco
INDONÉSIA

35 GADO-GADO
salada com molho de amendoim
INDONÉSIA

37 HAMBÚRGUER
ESTADOS UNIDOS

39 TORTA DE MANTEIGA DE AMENDOIM
ESTADOS UNIDOS

40 TACOS
MÉXICO

41 SALSA DE TOMATE
molho à base de tomate
MÉXICO

42 GUACAMOLE
pasta de abacate
MÉXICO

42 TORTILLA
MÉXICO

44 PAPAS RELLENAS
croquete de batata
PERU

45 SALSA CRIOLLA
salada de cebola
PERU

46 ALFAJORES
duas bolachas recheadas com "manjar blanco"
PERU

49 PÃO DE QUEIJO
pãozinho feito de polvilho e queijo
BRASIL

50 BRIGADEIRO
docinhos de leite condensado e chocolate
BRASIL

52 CARBONADA CRIOLLA
guisado de carne bovina com frutas secas
ARGENTINA

55 CHOCOTORTA
torta em camadas de bolachas de chocolate e de doce de leite
ARGENTINA

57 KJØTTKAKER MED BRUN SAUS
almôndegas com molho castanho
NORUEGA

59 TILSLØRTE BONDEPIKER
sobremesa de maçãs em camadas
NORUEGA

60 KÄSESPÄTZLE
massa fresca com queijo
ALEMANHA

POSSO PROVAR?

HISTÓRIAS SOBRE COMIDAS DELICIOSAS

ALEKSANDRA MIZIELIŃSKA ★ DANIEL MIZIELIŃSKI ★ NATALIA BARANOWSKA

EDITORA WMF MARTINS FONTES ★ SÃO PAULO 2024

63 KARTOFFELSALAT
salada de batata
ALEMANHA

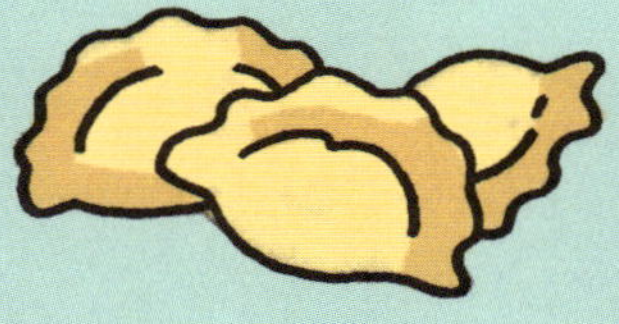

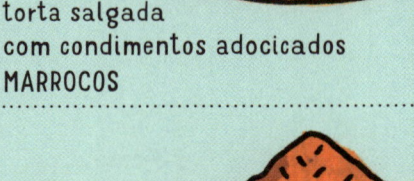

64 PIEROGI
pastéis de queijo
POLÔNIA

67 PIERNICZKI
biscoitos de gengibre
POLÔNIA

69 BLINI
panquecas de trigo-sarraceno
RÚSSIA

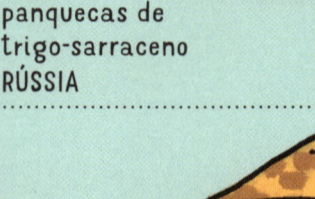

70 KISEL
bebida ou sobremesa
RÚSSIA

72 LECZÓ
guisado
HUNGRIA

74 MEGGYLEVES
sopa de cerejas
HUNGRIA

76 TORTILLA DE PATATAS
tortilha de batatas
ESPANHA

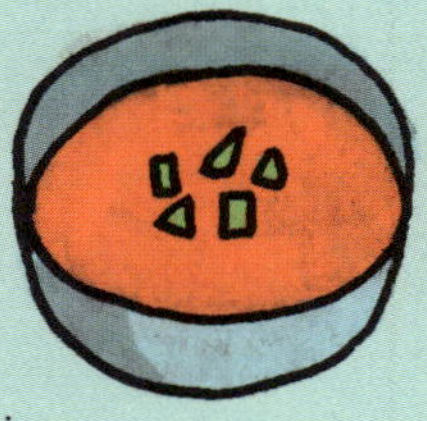

78 GAZPACHO
sopa de tomate fria
ESPANHA

81 CROQUE MONSIEUR
misto-quente gratinado
FRANÇA

82 MILLE-FEUILLE
doce mil-folhas
FRANÇA

84 TAGLIATELLE À BOLONHESA
macarrão com molho à bolonhesa
ITÁLIA

86 PIZZA MARGHERITA
ITÁLIA

88 AVGOLEMONO
sopa de ovos e limão
GRÉCIA

91 MELOMAKÁRONO
doces de mel natalinos
GRÉCIA

93 SEFFA
cuscuz doce
MARROCOS

94 BASTILA
torta salgada com condimentos adocicados
MARROCOS

96 HAWAWSHI
sanduíche de carne
EGITO

98 UMM ALI
sobremesa feita de pão
EGITO

101 GROUNDNUT SOUP
sopa de amendoim
NIGÉRIA

102 JOLLOF
arroz vermelho
NIGÉRIA

104 INJERA
pão-panqueca
ETIÓPIA

106 DORO WAT
ensopado de frango com ovos
ETIÓPIA

107 BERBERE
mistura de condimentos
ETIÓPIA

TURQUIA
ONDE DIFERENTES MUNDOS SE ENCONTRAM

líder dos povos turcos da Ásia

- A Turquia é um país situado em um cruzamento de rotas entre a Europa, a Ásia, os países árabes e a África. Há muitos séculos os exércitos romanos e persas, bem como caravanas de mercadores, atravessaram a região, o que gerou uma confluência de costumes e culinárias de diferentes povos. Quase todos deixaram ali a sua marca.
- A partir do século IV, a região tornou-se parte do Império Bizantino. Sua capital era a cidade de Bizâncio, que, em homenagem ao imperador Constantino*, passou a se chamar Constantinopla.
- No século XI, a maioria desses territórios foi conquistada por tribos nômades turcas originárias da Ásia Central ❶, unificadas por líderes da dinastia Seljúcida ❺.
- Quatrocentos anos depois, os turcos criaram ali o Império Otomano muçulmano, uma superpotência que conquistou uma grande área ao longo das margens dos mares Mediterrâneo, Negro e Vermelho. Várias tradições se misturaram ali: balcânicas, árabes e de regiões da Ásia. A cidade de Constantinopla, onde os turcos ergueram o magnífico Palácio Topkapi ⓯, mais tarde teve seu nome alterado para Istambul.

*Você pode ver Constantino, o Grande, na p. 90.

AMANTES DAS RARIDADES

- Fundada na Antiguidade, Bizâncio foi uma das cidades mais importantes do mundo medieval. Uma vez que recebia produtos de toda parte, ali era possível experimentar iguarias inusitadas e observar o surgimento de novas modas e

PASTIRMA (carne-seca)

MOSTARDA

İMAM BAYILDI, lê-se "Imám Baîlde"
berinjelas recheadas
imersão: 30 min
preparo: 1h 40 min; 3×

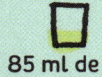

- 3 berinjelas médias
- suco de 1 limão
- 85 ml de azeite de oliva
- 2 cebolas pequenas
- 2 dentes de alho
- 2 maços de salsinha
- 4 tomates médios ou 2 latas de tomates pelados
- 1 colher (chá) de cominho moído
- 1 colher (chá) de canela em pó
- 1 colher (chá) de açúcar
- sal e pimenta
- iogurte à vontade

Imã é o sacerdote da religião muçulmana, e "İmam bayıldı" significa "o imã desmaiou". É como se ele caísse para trás ao sentir o sabor do prato. Mas há quem diga que o desmaio é reação ao custo da iguaria, pois é necessário muito azeite de oliva.

1 Lave as berinjelas e descasque 4 tiras ao longo delas, intercalando partes sem descascar. Em uma tigela grande, cubra-as com água fria e acrescente uma colher (chá) de sal e o suco do limão. Pressione-as com um prato e deixe assim por 30 min. Enxágue-as e seque-as.

2 Aqueça o azeite em uma frigideira e frite as berinjelas inteiras por 10-15 min em fogo médio. Vire-as de vez em quando até dourar bem.

DIETA MILAGROSA

- As dietas saudáveis não são uma invenção moderna. Há 2 mil anos as pessoas já se perguntavam o que comer para viver bem.
- Na Grécia antiga, e depois em Bizâncio, Turquia e grande parte do mundo medieval, acreditava-se que a saúde e o temperamento das pessoas dependiam das proporções dos 4 humores, ou seja, os fluidos corporais: sangue, bile, fleuma e bile negra.
- Também se acreditava que o que comemos afeta o equilíbrio desses fluidos e que a cura para as doenças dependia da alimentação.

Para os catarros, recomendo mel aquecido e desidratado.

É melhor o senhor deixar de comer carne.

O senhor deveria usar erva-doce em tudo.

Figos? Apenas no verão, e sempre com sal.

Seljuque, fundador da dinastia seljúcida

Âteşbâz-ı Velî, cozinheiro de Rumi

CÔNIA (CIDADE)
CAPITAL DO IMPÉRIO SELJÚCIDA

Rumi, poeta persa

formas de cozinhar. A cidade era famosa por seu estilo requintado, e as criações de seus cozinheiros eram copiadas em vários lugares.
▸ Comiam peixes e frutos do mar, carne de veado assada, aves de criação, pássaros pequenos e também carne-seca. Os pratos eram temperados, entre outras coisas, com açafrão, alecrim, erva-doce, pétalas de rosas e óleos aromáticos. Também comiam folhas de figo e de uva com diversos recheios.
▸ Ainda que nem todos os visitantes apreciassem esses experimentos culinários, ninguém conseguia resistir às sobremesas adoçadas com mel, açúcar de cana ou tâmaras. As guloseimas feitas com cardamomo ⓯, as geleias ㉑, as frutas em compota ㉒ ou cristalizadas formavam apenas a ponta daquele doce iceberg.

OVAS DE PEIXE SECAS E SALGADAS

CAVIAR — ovas de algumas espécies de peixes

GARO — molho de peixe

LEITÃO ASSADO COM HIDROMEL

PASTA DE ERVILHAS

FRUTAS CRISTALIZADAS

GELEIA DE LARANJA

AÇÚCAR DE ROSAS

3 Enquanto frita, corte as cebolas ao meio, em rodelas finas, pique o alho e a salsa. Descasque os tomates e corte-os em cubos pequenos.

4 Retire as berinjelas da frigideira, diminua o fogo e, no mesmo azeite, refogue a cebola por 10 min ou até que amoleçam. Adicione o alho, o cominho e a canela e frite por 3 min, mexendo sempre.

5 Acrescente os tomates, a salsa, 1 colher (chá) de sal, o açúcar e a pimenta. Mexa bem e deixe no fogo por 10 min, para parte do líquido evaporar.

6 Corte as berinjelas no comprimento, sem chegar ao centro. Coloque-as sobre os vegetais ferventes e tampe. Abafe por 25 min em fogo baixo.

7 Preaqueça o forno a 180ºC. Coloque as berinjelas em um refratário, abra os cortes para que pareçam barquinhos. Esfregue sal em cada corte e encha com o recheio. Espalhe o resto de recheio ao redor das berinjelas.

8 Cubra o refratário com a tampa ou com papel-alumínio e asse por 30 min. Sirva quente, salpicado com salsinha e iogurte.

Elif adora berinjelas assadas.

A CONQUISTA DO OCIDENTE

▸ O kebab é popular em todo o Oriente Médio — na Turquia, no Irã, em Israel, entre outros países. Há muitas variedades ⓾ ⓱ ⓴, mas o **döner kebab**, clássico do fast-food*, é uma invenção otomana que ganhou fama graças aos imigrantes turcos.
▸ Os turcos que chegaram à Alemanha há meio século abriram lanchonetes pequenas e baratas. Num instante, começaram a se formar filas de alemães famintos esperando pelo kebab: pedaços de carne com molho e vegetais envolvidos em pão pita (ou sírio, árabe etc.).

*Você pode ler sobre fast-food na p. 37.

1 Prepara-se o rolo de carne.

2 Assa-se a carne, na vertical, numa grelha giratória.

3 Cortam-se pedaços das partes externas, mais assadas.

GRÃOS DO CRESCENTE FÉRTIL

▶ O **trigo**, como o arroz e o milho, é um alimento básico do nosso tempo. Começou a ser cultivado há quase 12 mil anos, no **Crescente Fértil**, região onde surgiram a agricultura e as primeiras civilizações. Suas primeiras colheitas ocorreram onde hoje se situa a Turquia.

▶ Após 2 mil anos, o trigo chegou à Grécia e, milênios depois, à Europa Ocidental e à Índia.

▶ Centenas de variedades, com propriedades diferentes, foram criadas usando-se o método da seleção, ou seja, escolhendo-se apenas bons grãos com as características certas. Algumas variedades são usadas para fazer halvás, macarrão e sêmolas — incluindo o bulgur ⑱, que é o triguilho, popular na Turquia —, e outras, para fabricar farinha de trigo, usada em pães e bolos.

MAIS FINO, IMPOSSÍVEL

▶ Como assar pão sem forno? O problema teve de ser enfrentado pelos nômades turcos há mais de mil anos. Em suas expedições, preparavam pães que consistiam em muitas camadas finas de massa que eles fritavam em panelas ❷❸.

▶ Séculos mais tarde, os padeiros do Palácio Topkapi, não mais por necessidade, mas para obter um sabor melhor, esticavam folhas extremamente finas de uma massa chamada **yufka** ❾. Depois, untavam-nas com manteiga derretida, empilhavam umas sobre as outras e faziam com elas as baclavas encharcadas de calda doce e as borekas salgadas.

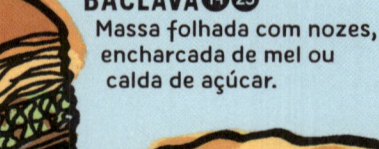

BACLAVA ⑭ ㉓
Massa folhada com nozes, encharcada de mel ou calda de açúcar.

BÖREK ⑯ ⑲
Pasteizinhos assados com vários recheios, comumente salgados.

Fora da Turquia, a massa yufka é mais conhecida pelo nome grego de filo.

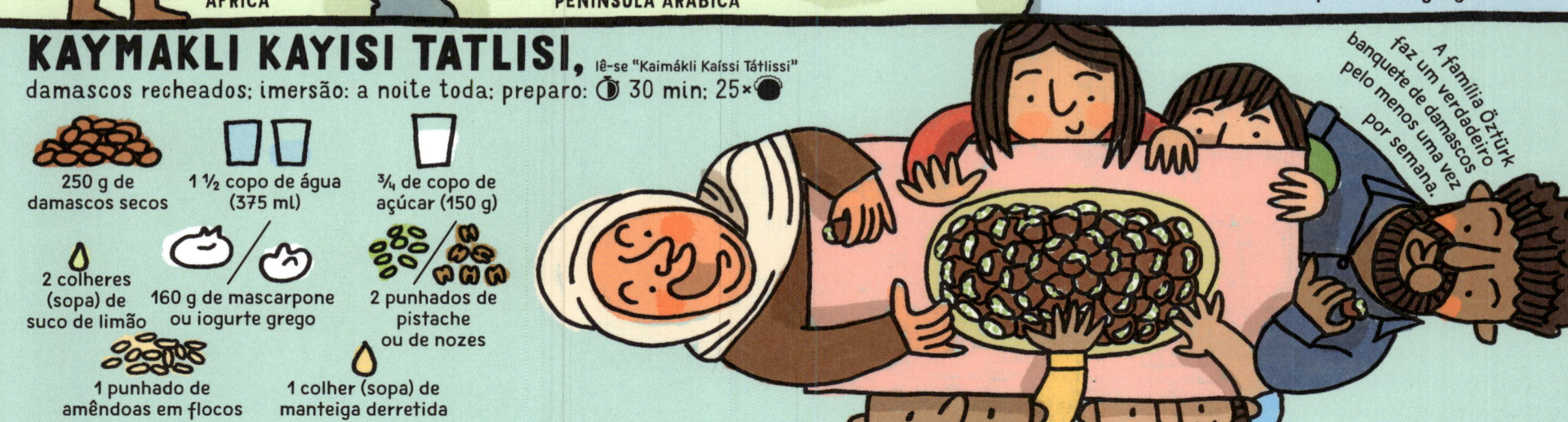

(15) PALÁCIO TOPKAPI

TURQUIA MODERNA — MAR MEDITERRÂNEO — CRESCENTE FÉRTIL — ÁSIA — GOLFO PÉRSICO — ÁFRICA — PENÍNSULA ARÁBICA

KAYMAKLI KAYISI TATLISI,
lê-se "Kaimákli Kaíssi Tátlissi"
damascos recheados; imersão: a noite toda; preparo: 🕐 30 min; 25×●

- 250 g de damascos secos
- 1 ½ copo de água (375 ml)
- ¾ de copo de açúcar (150 g)
- 2 colheres (sopa) de suco de limão
- 160 g de mascarpone ou iogurte grego
- 2 punhados de pistache ou de nozes
- 1 punhado de amêndoas em flocos
- 1 colher (sopa) de manteiga derretida

A família Öztürk faz um verdadeiro banquete de damascos pelo menos uma vez por semana.

CADA UM DO SEU JEITO

▶ A maioria de nós ouve a palavra halvá e pensa em deliciosas camadas doces de açúcar e gergelim. No entanto, essa iguaria tem muitas variedades diferentes ❻❼❽⓫⓬. As primeiras vieram do Oriente Médio e, chegando à Ásia Central e à Índia, deram origem a outras. Por fim, a halvá conquistou corações e o paladar de gulosos em todo o mundo.

▶ Mil anos atrás, a halvá era conhecida como uma guloseima feita de pasta adoçada de farinha de trigo ❹. Mais tarde, inventaram as versões de gergelim*, nozes, frutas e até ovos.

* Mais sobre o gergelim na p. 15.

PIŞMANIYE ⓬
Halvá turca tradicional feita com fios de açúcar e farinha de trigo.

HALVÁ ⓫
Halvá com gergelim, popular em Israel, Líbano, Síria, Iraque, Jordânia, em toda a Europa e na América do Sul.

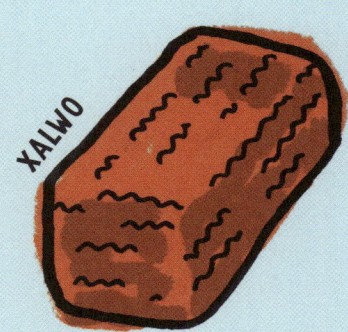

XALWO
Halvá servida na Somália, feita de farinha de milho temperado com cardamomo e noz-moscada.

GADŻAR KA HALWA
Halvá indiana, cuja base é de cenoura ralada.

KOZHIKODE HALVA
Halvá da região indiana de Querala, feita com farinha de trigo.

BUTER HALUA
Halvá preferida em Bangladesh, feita com grão-de-bico.

HALAWAT TAMR
Halvá preparada no Iraque, com pasta de tâmaras.

A palavra halvá vem do árabe "halwā" e significa "doce" ou "sobremesa".

O nome turco significa "sobremesa de damasco com kaymak". Kaymak* é um creme de leite espesso e gorduroso conhecido em todo o Oriente Médio. Pode ser substituído por mascarpone ou por iogurte grego.

1 Deixe os damascos de molho na água durante a noite toda.

2 Em uma panela, ferva um copo da água da imersão (se precisar, complete com mais água) e dissolva o açúcar. Acrescente o suco de limão e os damascos.

3 Em fogo médio, cozinhe as frutas por 10-15 min e depois coloque em um prato para esfriar.

4 Após o cozimento, os damascos devem se abrir, mas você também pode cortá-los. Preencha cada damasco com uma colher (chá) de queijo ou iogurte.

5 Adicione um pouquinho de pistaches ou nozes bem picadinhos.

6 Despeje sobre os damascos colheres da calda que ficou na panela e a manteiga derretida. Polvilhe com as amêndoas em flocos.

* Não confundir esse kaymak com o kajmak polonês, que é um doce de leite ou creme feito com leite cozido com açúcar.

IRÃ
ESPLENDOR, AÇAFRÃO, OURO E TÂMARAS

PERSÉPOLIS: CAPITAL DA ANTIGA PÉRSIA

Ciro II, o Grande, Rei da Pérsia

- ▶ O Irã (antiga Pérsia) tem uma longa história. Há 2.500 anos, Ciro II, o Grande ❸, fundou ali o poderoso Império Persa. Graças às conquistas e ao comércio, os produtos locais, como romãs, água de rosas e açafrão, chegaram a muitas partes do mundo. Em contrapartida, chegavam à Pérsia, vindos do Oriente, arroz, berinjelas e limões.
- ▶ A culinária era refinada: a carne era dourada com açafrão; com arroz, os persas faziam uma musse suave que, em ocasiões especiais, enfeitavam com flocos de prata e ouro.
- ▶ Dois séculos depois, a Pérsia foi conquistada por Alexandre, o Grande[1]. Mais tarde viriam muitos outros imperadores, monarcas e conquistadores. Na Idade Média, o país foi tomado pelos árabes, que converteram os persas à sua religião, o Islã, que prevalece no Irã até hoje. Contudo, a língua, as tradições e a culinária sobreviveram.
- ▶ Por isso, além dos pratos comuns em todo o Oriente Médio, como o kebab em forma de espetinhos de carne assada ㉑, os iogurtes, os legumes recheados, os pães achatados ou as baclavas[2] ⓭, também é possível provar iguarias típicas, como arroz com açafrão, sopas e molhos acres, com suco de frutas, entre outros pratos tradicionais.

[1] Mais sobre Alexandre, o Grande, na p. 96. [2] Veja baclava na p. 6.

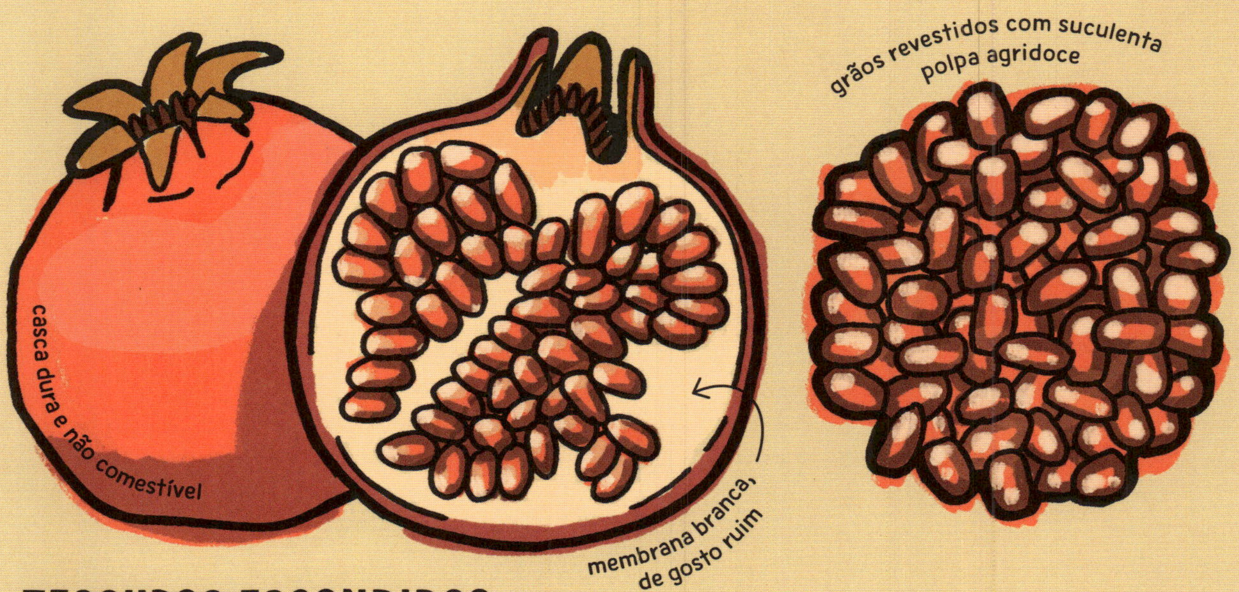

TAHCHIN MORGH ❿ ⓴
lê-se "Tahchin Môrr"

torta de arroz com frango
cozimento do frango: 🕐 1 h
forno: 🕐 1 h
preparo: 🕐 30 min; 4× 🍽

- 1 cebola
- 1 kg de frango, de preferência coxas e sobrecoxas
- alguns grãos de pimenta-da-jamaica
- 1 ½ copo de arroz (270 g), de preferência basmati
- alguns pistilos de açafrão
- 2 ovos
- 1 copo de iogurte espesso (250 ml) e mais um pouco para servir
- ¼ de colher (chá) de cúrcuma
- ¼ de colher (chá) de canela
- ¼ de colher (chá) de cominho moído
- ¼ de colher (chá) de noz-moscada ralada
- ¼ de colher (chá) de cardamomo moído
- 2 colheres (sopa) de manteiga
- 2 colheres (sopa) de uvas-passas hidratadas
- sal

1 Corte a cebola em rodelas grossas e coloque-as na panela com o frango, 2 colheres (chá) de sal e a pimenta-da-jamaica. Cubra com água e cozinhe por 1 h, até a carne ficar tenra.

2 Retire o frango da panela, deixe esfriar e corte em pequenos pedaços. Reserve o caldo.

3 Coloque o arroz em uma panela e cubra com água fria. Mexa vigorosamente com a mão, escorra e repita até que a água saia limpa.

4 Ferva 4 copos de água com 2 colheres (chá) de sal, acrescente o arroz e cozinhe por 5-8 min (os grãos devem ficar um pouco duros). Enxague com água fria e deixe esfriar.

---

casca dura e não comestível

grãos revestidos com suculenta polpa agridoce

membrana branca, de gosto ruim

TESOUROS ESCONDIDOS

- ▶ Embora não seja fácil chegar até as sementes da romã ❷ ❹ ⓯, protegidas pela casca e por uma membrana branca, seu sabor agridoce é apreciado no Irã há pelo menos 5 mil anos. Foi um dos primeiros frutos a serem domesticados — ao lado de figos, uvas, tâmaras e azeitonas.
- ▶ As romãs são originárias da Pérsia. Na Antiguidade, chegaram ao Egito, à Grécia (o poeta Homero* as menciona) e depois a outros países do Mediterrâneo.
- ▶ Graças aos comerciantes, chegaram também à Índia e à China. Muitos séculos depois, os navegadores espanhóis as levaram para a América.
- ▶ Os persas usavam a polpa da romã para fazer xaropes e molhos acres, com os quais coloriam o arroz ou temperavam os pratos de carne.

* Leia mais sobre Homero na p. 91.

5. Esmague o açafrão, hidrate-o com 3 colheres (sopa) de água quente e mexa bem.

6. Em uma tigela grande, bata os ovos e misture bem com o iogurte. Acrescente o açafrão, a cúrcuma e uma colher (chá) de sal. Acrescente a metade do arroz e misture novamente.

7. Junte a canela, o cominho, a noz-moscada e o cardamomo numa tigela e acrescente ao restante do arroz. Misture bem.

8. Aqueça o forno a 180°C. Derreta a manteiga (reserve um pouco para mais tarde) e unte bem um refratário (de preferência transparente) de cerca de 24 × 24 cm e com tampa.

9. No fundo do refratário, esparrame o arroz misturado com o iogurte e com os ovos e, por cima, uma camada de frango. Espalhe as passas sobre a carne e cubra com o arroz com especiarias. Com uma colher, pressione tudo uniformemente, despeje ½ copo do caldo por cima e o restante da manteiga derretida.

10. Tampe e asse por 1 h ou até que as laterais estejam douradas.

11. Deixe esfriar um pouco e, com uma faca, desgrude as laterais, cubra o refratário com uma tábua e vire-o para desenformar. Sirva com iogurte espesso.

JEJUM ESPIRITUAL

O islamismo, a religião dominante no Irã e nos países árabes, influencia bastante a dieta de seus seguidores, os muçulmanos. Define quais alimentos são permitidos (**halal**) e quais são proibidos (**haraam**).

▸ No nono mês do calendário muçulmano, acontece o Ramadã: durante 29 ou 30 dias, os fiéis não podem comer nem beber nada entre o nascer e o pôr do Sol.

▸ Depois do pôr do Sol, os muçulmanos rompem o jejum e podem comer o quanto quiserem até o amanhecer. Nas diferentes regiões do mundo muçulmano servem-se alimentos típicos para essa época do ano; alguns pratos são comuns para a maioria delas, ainda que seus nomes variem.

TÂMARAS

SHOLE ZARD — papa de arroz com açafrão

ASH RESHTEH — sopa espessa

HALIM OU HALEEM — guisado de carnes e cereais

DOCES — baclava, halvá e frutas secas

SABORES FLORAIS

▸ As **rosas**❼ começaram a ser cultivadas na Pérsia há milhares de anos. Sua parte mais valiosa, as pétalas, servia para produzir água de rosas, geleias e ornamentos comestíveis.

▸ Graças à produção em massa e à organização dos comerciantes persas, a **água de rosas**❽ se difundiu pela Ásia e chegou à Europa com os cavaleiros que voltavam das cruzadas*. Ainda hoje, algumas gotas de água de rosas adicionadas a sobremesas requintadas nos transportam aos antigos e fabulosos palácios persas.

* Guerras contra os muçulmanos para recuperar a Terra Santa (atual território de Israel e Palestina).

O PREÇO NÃO IMPORTA

▸ Para obter 1 kg de açafrão — a especiaria mais cara do mundo —, é necessário colher 150 mil flores de açafrão cultivado ❶. O pistilo, com seus três delicados filamentos, deve ser removido manualmente (o resto da flor é descartado). Depois de secos, esses filamentos, chamados de estigmas, se tornam o açafrão ❻. Os persas produzem, consomem e exportam essa especiaria há mais de 2.500 anos.

← estigmas

Ali adora comer um pedação de tahchin.

TEERÃ, CAPITAL DO IRÃ

ENGANANDO DEUS

▸ As **amêndoas** 16 são cultivadas no Oriente Médio, incluindo o Irã, há milhares de anos. Chegaram à Europa na Antiguidade, mas ficaram populares na Idade Média, durante as cruzadas. Os cavaleiros cristãos viram como os árabes, seguindo o método persa, preparavam o **leite de amêndoas** 12.

▸ Por que os cavaleiros ficaram encantados com essa bebida vegetal? Naquela época, os cristãos respeitavam rigorosamente o jejum. Durante a Quaresma, o leite de vaca e outros produtos de origem animal eram estritamente proibidos; então, o substituto vegetal foi muito bem recebido.

▸ Essa ideia simples já era utilizada por muçulmanos no Ramadã havia séculos.

FRUTO DA AMENDOEIRA — A amêndoa se oculta sob a casca.

CHAGHALEH BADAM 18 — Amêndoas verdes com sal marinho, populares no Irã.

MARZIPÃ 15 — doce feito de amêndoas assadas e moídas.

UM LUXO VERDE

▸ Os pistaches 5 17 são oriundos do Afeganistão, mas são consumidos nas terras do atual Irã há 9 mil anos.

▸ Chegaram à Europa na Antiguidade. Embora não se tenha certeza, foi provavelmente Alexandre, o Grande, quem os levou para lá com o restante do butim recolhido por suas tropas nas incursões de conquista do Oriente.

▸ A princípio, apenas os ricos se deleitavam com eles, mas hoje são petiscos muito populares, presentes em vários pratos e sobremesas.

frutos com casca — pistache

KUKU SABZI, lê-se "Kúku Sábzi"
omelete de ervas frescas
⏱ 30 min: 1× ◎

- ⅓ de copo de endro
- ⅓ de copo de coentro
- ⅓ de copo de cebolinha
- ⅓ de copo de salsinha
- 2 colheres (sopa) de nozes
- 3 ovos
- ½ colher (chá) de sal
- ¼ de colher (chá) de cúrcuma
- ¼ de colher (chá) de cominho

1 Lave as ervas e seque-as. Tire os caules grossos e pique bem o resto.

2 Em uma frigideira pequena, toste as nozes até escurecerem e começarem a cheirar. Deixe esfriar e pique-as.

3 Em uma tigela grande, bata os ovos, adicione o sal, a cúrcuma, o cominho, o fermento em pó, a pimenta chili e a pimenta-do-reino. Misture bem.

4 Acrescente as ervas picadas, as nozes e as cranberries aos ovos e misture.

ABUNDÂNCIA DE AÇÚCAR

- As **tâmaras** ⑨ ⑲ são provavelmente oriundas do Crescente Fértil*. Nessa região quente e seca, foram cultivadas por agricultores das primeiras civilizações — Mesopotâmia e Egito.
- Quem experimentava esses frutos doces e nutritivos se encantava: desde os antigos romanos, passando pelos chineses (através da Pérsia), até os reis da Europa medieval.
- Eram consumidos sozinhos ou como ingrediente de pratos doces e salgados. Ainda hoje é um alimento importante da dieta dos habitantes dos desertos.

*Leia sobre o Crescente Fértil na p. 6.

Em um cacho da tamareira há cerca de mil tâmaras, que, juntas, podem pesar até 10 kg.

As tamareiras silvestres podem atingir uma altura de 30 m. No entanto, colher frutas de palmeiras tão altas é perigoso, e por isso nas plantações elas são aparadas antes de alcançarem 15 m.

frutas secas de alguns tipos de tâmaras contêm até 70% de açúcar

¼ de colher (chá) de fermento em pó

1 pitada de pimenta chili

pimenta-do-reino moída na hora

2 colheres (sopa) de cranberry seco

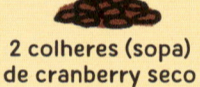

3 colheres (sopa) de azeite de oliva

"Sabzi" significa "ervas" em persa. Você pode mudar livremente a combinação de ervas ou mesmo adicionar, por exemplo, espinafre, cultivado na Pérsia há mais de 1.700 anos.

Zahra prepara kuku para seus filhos todas as quintas-feiras.

5 Em uma frigideira pequena, aqueça o azeite. Despeje os ovos, alise a superfície, tampe e então abaixe o fogo. Frite por 8–10 min, até o meio ficar firme.

6 Cubra a frigideira com um prato raso e vire rapidamente. Retorne a omelete para a frigideira com o lado já frito para cima. Com a frigideira tampada, frite o outro lado por alguns minutos.

7 Transfira o kuku para um prato e deixe descansar por alguns minutos. Em seguida, corte em triângulos e sirva com iogurte ou pão.

BRANCO E FOFINHO

- O **arroz** está presente nas mesas persas desde a Antiguidade. Ele veio da Índia e da China* e, com o tempo, graças ao processo de cozimento em três etapas, ganhou espaço especial na culinária persa.
- Primeiro é preciso deixar os grãos de molho na água fria por bastante tempo; depois, fervê-los brevemente; por fim, terminar o cozimento no vapor até ficarem macios.
- O arroz preparado dessa forma fica leve, tenro e bem soltinho. E, temperado com manteiga e açafrão, converte-se em uma iguaria persa.

*Sobre a história do arroz, consulte a p. 19.

SHIRIN POLO ⑪

Arroz com cenouras, cascas de laranja, amêndoas e pistache.

Costuma ser acompanhado por frango com açafrão.

ISRAEL
FÉ E TRADIÇÃO

- Para os judeus, Israel é a terra prometida por Deus. Os primeiros governantes israelenses ② fundaram ali, há 3 mil anos, os reinos de Israel e Judá, que, após 300 anos de glória, sucumbiram à força da Assíria e da Babilônia ⑤.
- A partir daí, Israel foi invadido por persas ⑦ ⑯, macedônios ⑨ e romanos ⑪ ⑬, e os judeus tiveram de lutar para tentar recuperar sua pátria. Por fim, acabaram expulsos daquelas terras, que mais tarde foram conquistadas por árabes ⑱, cruzados ⑳ e turcos otomanos ㉒.
- Os judeus exilados levaram consigo trigo ⑩, grão-de-bico ⑥, figos ⑧, tâmaras ⑮, romãs ④, uvas ⑭, azeitonas ⑰, azeite de oliva ①, pães achatados ⑫, cabras ③, ovelhas ⑲ e queijos ㉔. Espalhados pelo mundo, eles encontraram novos lares e, com o tempo, aprenderam a utilizar os produtos locais.
- Durante longos séculos de exílio, sonharam em criar seu próprio país. Conseguiram isso por meio da intervenção da Grã-Bretanha em 1948 ㉓.
- Os colonos que foram para Israel levaram consigo novos sabores. Das terras do antigo Império Otomano, vieram as samosas ou chamuças ㉜, a massa yufka* ㉞, o iogurte ㊱, o cuscuz ㉟, o pão pita ㉛, os legumes recheados ㉕ e os pratos com arroz ㉝ e triguilho.
- Da Europa Central e Oriental, levaram o schnitzel ㉚, os strudels ㉖, os arenques ㉔, as carpas ㉘, o borsch e vários caldos.
- Da culinária árabe, tomaram emprestado o famoso falafel ㉙, o homus ㉗, a shakshuka, o tempero zatar e uma grande variedade de frutas frescas ㊲.
- O moderno Estado de Israel encanta com seu impressionante mosaico de culturas, além da fidelidade a tradições que remontam aos tempos bíblicos.

*Mais informações na p. 6.

PERMITIDOS
- algumas aves
- mamíferos que têm cascos fendidos e são ruminantes
- peixes com escamas e barbatanas

PROIBIDOS
- misturar leite com carne
- animais feridos
- sangue
- cozinhar durante o sabá
- répteis, anfíbios, insetos, morcegos
- animais carnívoros

DEUS QUIS ASSIM
- No judaísmo, como em muitas outras religiões, existem regras que definem o que se pode comer e como se deve cozinhar.
- Os princípios do **kashrut**, ou **kosher**, nem sempre são claros, e os rabinos* até hoje discutem alguns casos teóricos (por exemplo, em 2008, consideraram kosher as girafas).
- Apesar de nem todos os judeus acatarem essas normas, o kashrut continua tendo grande influência sobre a comunidade judaica espalhada ao redor do mundo todo.

*Um rabino é o líder de uma comunidade religiosa judia.

OS SUPER 7
- FIGOS
- TÂMARAS
- AZEITONAS
- UVAS
- CEVADA
- TRIGO
- ROMÃS

- No Antigo Testamento, escrito há milhares de anos, são enumeradas sete espécies vegetais que são essenciais a Israel: dois tipos de cereal e cinco frutas que ainda hoje ocupam um lugar especial na tradição e na culinária judaicas.

PÃOZINHO BÁSICO

▸ Além dos princípios do kashrut, vários outros hábitos religiosos influenciam a dieta dos judeus.

▸ Durante uma das festas religiosas mais antigas, chamada **Pessach**, que dura uma semana e comemora a libertação dos israelitas da escravidão egípcia, não se permite dentro de casa o **chametz**, isto é, pães ou bebidas feitos de cereais fermentados* (trigo, cevada, centeio, aveia ou espelta). Também é proibido fazer qualquer uso desses cereais.

▸ A exceção a essa regra é o **matzá** (pão ázimo), uma torrada fina e crocante feita apenas com farinha e água. Sua simplicidade simboliza a pobreza dos escravos. Durante o Pessach, o matzá é a base de todas as refeições. Pode ser consumido puro, na forma de bolas em um caldo ou para engrossar molhos.

HOMENTASCH, lê-se "Rômentish"
biscoitos amanteigados com sementes de papoula
preparo: 30 min; resfriamento: 1 h; forno: 25 min; 25×

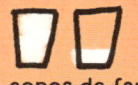

- 1 ¼ copos de farinha de trigo (180 g) e mais um pouco para polvilhar
- sal
- 1 laranja
- 90 g de manteiga em temperatura ambiente
- ¼ de copo de açúcar (50 g)
- 2 ovos e mais 1 para passar na massa
- ½ colher (chá) de extrato de baunilha, ou sementes de ½ fava
- ⅓ da lata de polpa de sementes de papoula (150 g)

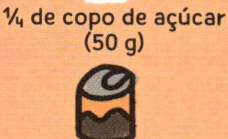

O recheio tradicional é a polpa de sementes de papoula, mas hoje os recheios de frutas são cada vez mais populares. Portanto, você pode substituir tranquilamente a semente de papoula por geleia de laranja ou outro doce de fruta.

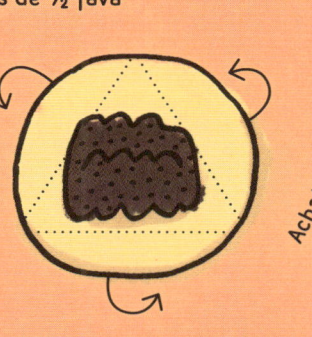

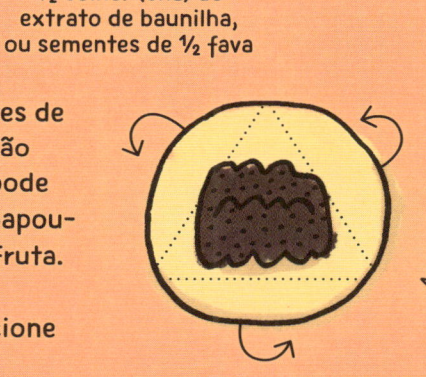

1. Peneire a farinha em uma tigela. Adicione uma pitada de sal e misture.

2. Escalde a laranja com água fervente e rale a casca. Corte a manteiga em pedaços pequenos, adicione o açúcar e bata até a massa ficar fofa.

3. Acrescente os ovos, o extrato ou as sementes de baunilha e ½ colher (chá) de casca de laranja ralada. Bata tudo junto mais um pouco.

4. Adicione a farinha na tigela, misture tudo e sove rapidamente até formar uma bola. Embrulhe em filme plástico e leve à geladeira por pelo menos uma hora.

5. Preaqueça o forno a 180°C. Estique a massa na espessura de 3 mm e recorte círculos com um diâmetro de 6-7 cm. Pincele cada círculo com ovo batido, para que os biscoitos não se quebrem durante o cozimento.

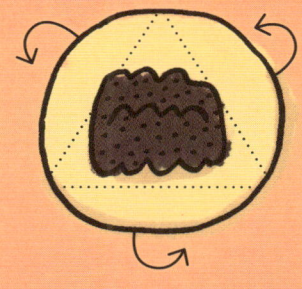

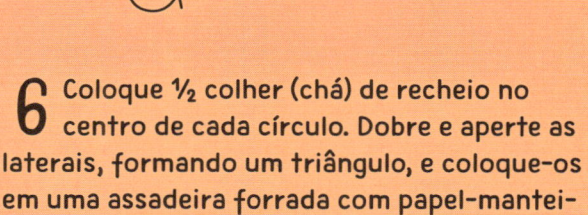

6. Coloque ½ colher (chá) de recheio no centro de cada círculo. Dobre e aperte as laterais, formando um triângulo, e coloque-os em uma assadeira forrada com papel-manteiga. Asse por 25 min, até ficarem dourados.

7. Deixe esfriar — o recheio fica muito quente.

Eitan adora rechear seus homentasch.

HOMUS
pasta de grão-de-bico
grão-de-bico de molho: 12 h
cozimento: 🕐 40 min
preparo: 🕐 10 min

½ copo de grão-de-bico seco (130 g)
½ colher (chá) de bicarbonato de sódio
6 copos de água (1 ½ l)
⅓ de copo de tahine (85 ml)
1 dente de alho
2 colheres (sopa) de suco de limão
½ copo de água (125 ml)
½ colher (chá) de sal

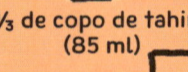

1. Deixe o grão-de-bico de molho em bastante água durante a noite.

2. Pela manhã, escorra e coloque os grãos em uma panela, cubra-os com 6 copos de água, junte o bicarbonato e cozinhe por 40 min, até que os grãos fiquem macios.

3. Em um liquidificador, bata os grãos cozidos e os outros ingredientes até ficar uma pasta homogênea. Se o homus estiver grosso, adicione água. Sirva com azeite e zatar* polvilhado.

* Zatar é um tempero do Oriente Médio feito com ervas, sumagre e gergelim.

Aiala devora uma tigela de homus todos os dias no café da manhã.

ORELHAS DE PRESENTE
▸ **Purim** é uma festa que comemora a salvação dos judeus de Hamã, um alto funcionário persa que os havia condenado à morte.
▸ Durante o Purim, organizam-se festas animadas, e os parentes e amigos presenteiam-se com deliciosas massas assadas. São muito populares as **homentasch***, também chamadas de "algibeiras de Hamã" ou "orelhas de Hamã".

* Veja a receita na página anterior.

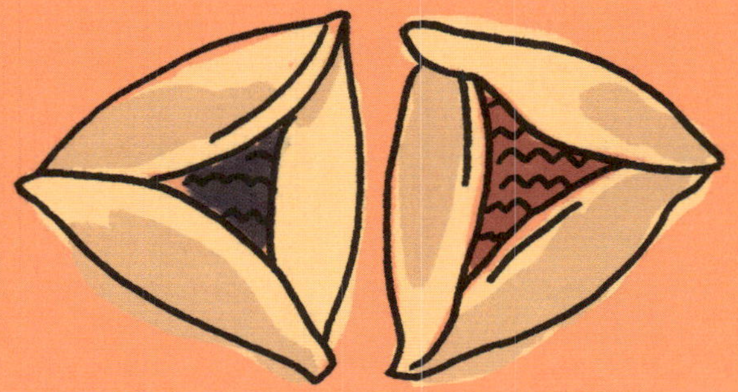

DESCANSO CANSATIVO
▸ Até mesmo Deus, ao final de uma agitada semana, fez uma pausa. O **sabá** é um tempo de descanso, de encontrar entes queridos e compartilhar a refeição. Começa todas as sextas-feiras à noite e dura pouco mais de um dia. É proibido trabalhar nesse período, não se pode nem cozinhar.
▸ Os alimentos devem ser preparados no dia anterior, e é por isso que o **tcholent** se tornou popular, porque sacia a fome, é feito em um só recipiente e mantido no forno, permanecendo aquecido até o almoço de sábado.

QUE O AZEITE NÃO NOS FALTE!
▸ Há 2.200 anos, os judeus, liderados por Judas Macabeus, retomaram o templo de Jerusalém. Depois de ter sido profanado pelos inimigos, foi necessário purificá-lo e novamente consagrá-lo numa cerimônia.
▸ Para manter aceso o candelabro do templo, precisavam de muito azeite de oliva, mas só tinham o necessário para um dia. Apesar disso, o azeite durou oito dias, o que possibilitou aos sacerdotes providenciarem sua reposição.
▸ Para comemorar esse acontecimento, celebra-se a festa da **Chanucá**, na qual se acendem velas em chanuquiás (candelabros especiais) e se consomem comidas fritas em muito óleo.

LATKES panquequinhas de batata
SUFGANIYOT bolinhos com geleia

DOCE ANO-NOVO
▸ **Rosh Hashaná** cai nos primeiros dias do ano, de acordo com o calendário judaico, e comemora a criação do mundo e de Adão e Eva.
▸ Durante essa festa, são consumidas maçãs banhadas em mel, **tzimmes** (doce de cenoura que simboliza a abundância), tâmaras, romãs e, é claro, o **chalá**, um pão doce com passas.

FIGO COM UM INTROMETIDO

▸ Embora o figo ⑧ seja cultivado há milhares de anos, durante muito tempo não se compreendia como se dava sua frutificação imprevisível.

▸ Em um único figo existem mais de mil frutinhas minúsculas que provêm de mais de mil pequenas florezinhas que crescem voltadas para dentro.

▸ Tal como acontece com outras plantas com sementes, as flores femininas devem ser polinizadas pelo pólen das flores masculinas. Porém, como num só figo as flores masculinas e femininas se desenvolvem em momentos diferentes, o pólen masculino precisa ser trazido de outra inflorescência. Essa tarefa só pode ser realizada por uma minúscula vespinha, que se desenvolve dentro do figo.

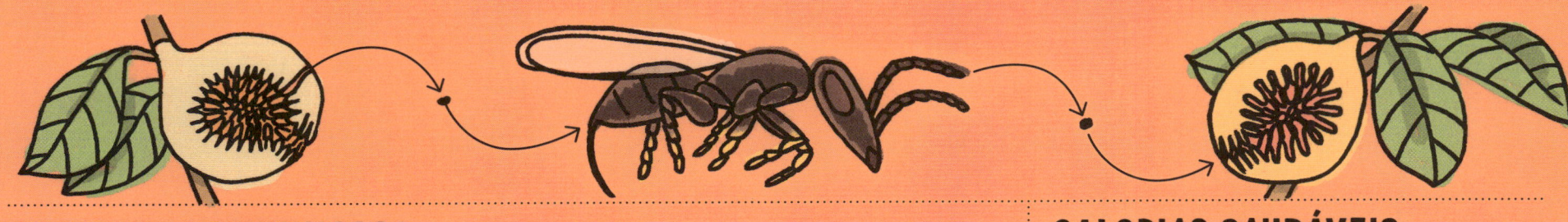

SUCESSOS LEGUMINOSOS

▸ Leguminosas como feijão, soja, ervilha, favas, lentilhas, amendoim e tamarindo acompanham a humanidade há milhares de anos.

▸ Elas também incluem o decamilenar grão-de-bico — o principal ingrediente da famosa pasta chamada homus ㉗, que em árabe significa "grão-de-bico", e o falafel* ㉙, oriundo do Egito, mas popular em todo o Oriente Médio.

* Para mais informações sobre o falafel egípcio, veja a p. 98.

CALORIAS SAUDÁVEIS

▸ As sementes de gergelim, apesar de seu pequeno tamanho, contêm uma quantidade enorme de gordura. Você pode comê-las inteiras, espremer o óleo ou triturá-las em uma pasta chamada **tahine**.

▸ O tahine é a base de muitas massas doces e não doces, molhos, pães, biscoitos, sorvetes e outras sobremesas.

▸ Sem o gergelim, não haveria a halvá* nem o homus, cujo nome completo em árabe é *hummus bi tahini*, ou seja, grão-de-bico com tahine.

* Mais informações sobre a halvá na p. 7.

TRABALHO, HOMUS, PROSPERIDADE!

▸ Mais de 100 anos atrás, os colonos que chegaram à Palestina, terras onde depois surgiu o Estado de Israel, criaram os kibutzim, cooperativas de trabalho agrícola.

▸ Seus habitantes, independentemente de gênero e origem, tinham uma propriedade comum, com direitos e deveres iguais.

▸ Com a enorme quantidade de atividades, não havia muito tempo para cozinhar. A base de uma refeição sólida eram legumes, queijos, ovos, azeitonas, homus, pão, café e suco, conhecido como **"café da manhã israelense"**.

CHINA
EM BUSCA DA PERFEIÇÃO

DINASTIA XIA
2070-1600 a.C.
Yu, o Grande

DINASTIA XANGUE
1600-1046 a.C.
Wu Ding

DISNATIA CHOU
1046-256 a.C.
Wu Wang

DINASTIA CHIN
221-207 a.C.
Qin Shi Huang

- A China é uma das civilizações mais antigas. Sua influência internacional permanece até hoje, e suas descobertas culinárias chegaram às partes mais longínquas do planeta.
- Os hábitos culinários das diferentes regiões da China foram moldados ao longo de milênios. As particularidades históricas, geográficas e climáticas, a disponibilidade de ingredientes e as influências externas foram responsáveis por definir as variadas tradições da cozinha chinesa.
- Com exceção do chá, dos produtos de soja e do hábito de comer com pauzinhos, seria difícil encontrar elementos comuns a todas as regiões. Até o ilustre arroz é menos popular no norte do país do que o pão e os bolinhos de farinha.
- Por isso, é melhor buscar semelhanças gastronômicas na filosofia que orienta a culinária chinesa, e não nos ingredientes. Os pratos são preparados com muito cuidado, e cada detalhe merece atenção total do(a) cozinheiro(a). Além disso, o que une os chineses das diferentes regiões é a paixão pela comida e por reuniões ao redor de uma grande mesa cheia de delícias.

PARA TODA OBRA
- A **soja**, ao lado do trigo, do milho e do arroz, é um dos alimentos básicos tanto para as pessoas quanto para os animais de criação. Graças ao alto teor de proteína, é um sério concorrente para produtos derivados de animais, cuja produção é muito mais cara e danosa para o ambiente.
- Os grãos de soja crescem em vagens, como o feijão, mas mesmo depois de cozidos permanecem duros e são praticamente intragáveis. Os chineses solucionaram esse problema processando os grãos para usá-los em dezenas de iguarias.

UMA BEBIDA VENERADA
- O chá foi descoberto pelos chineses há cerca de 5 mil anos. Já era a bebida favorita desse povo e parte integrante de sua cultura mesmo no reinado da dinastia Tang.
- Naquela época, o sábio Lu Yu elaborou o mais antigo tratado que conhecemos sobre como usar as folhas, a água e os utensílios necessários para preparar essa bebida.
- De acordo com o mestre Lu, beber chá era um ritual benéfico para o corpo e para o espírito, ajudando a acalmar a mente e a alcançar a harmonia interior.

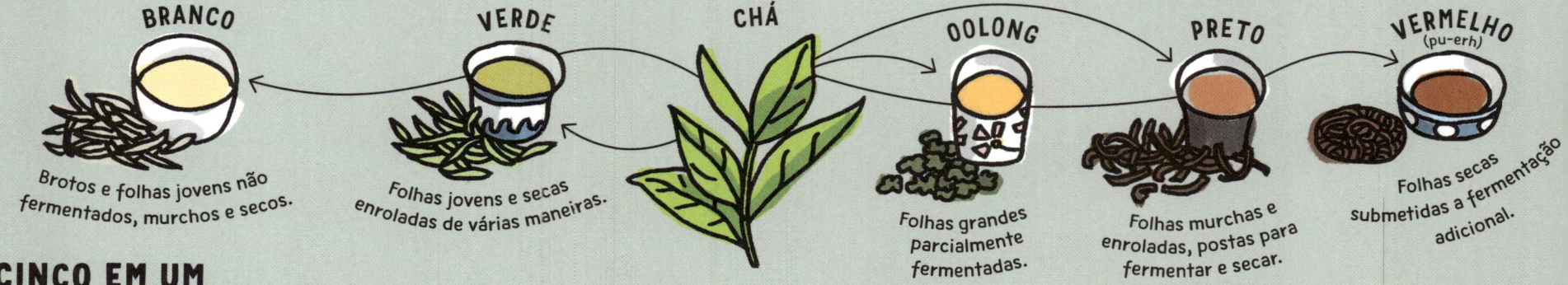

LEITE DE SOJA

TOFU

SHOYU

TEMPEH OU TEMPÊ proveniente da Indonésia (veja p. 32), tablete de soja fermentada.

MISSÔ pasta japonesa de soja fermentada.

CINCO EM UM
- Embora haja muitas variedades de chá, com diversos nomes e de diferentes cores, todas provêm das folhas de uma planta perene chamada *Camellia sinensis*. Da mesma folhagem podemos obter, por exemplo, chá verde e chá preto. Então, de onde vem a diferença no sabor, na cor e no aroma? Tudo depende de como são processadas as folhas dessa mesma planta.

BRANCO — Brotos e folhas jovens não fermentados, murchos e secos.

VERDE — Folhas jovens e secas enroladas de várias maneiras.

CHÁ

OOLONG — Folhas grandes parcialmente fermentadas.

PRETO — Folhas murchas e enroladas, postas para fermentar e secar.

VERMELHO (pu-erh) — Folhas secas submetidas a fermentação adicional.

| DINASTIA HAN | TRÊS REINOS | | DINASTIAS DO SUL E DO NORTE | DINASTIA TANG | 17 |
| 202 a.C.-220 d.C. | 220-280 | | 420-589 | 618-907 | |

Han Gaozu

DINASTIA JIN 266-420
Sima Yan
Sui Wendi
DINASTIA SUI 581-618
Taizong de Tang

SOJA COAGULADA

▸ **Dou fu** compreende uma gama de produtos de soja que conhecemos pelo nome japonês tofu.

▸ O tofu existe em muitas variedades, que diferem em constituição, firmeza, cor e aroma. Ele pode ser homogêneo e suave, ou fibroso, texturizado, esponjoso, marinado e mesmo fedido, fermentado em salmoura de peixes e vegetais.

▸ O tofu combina bem com qualquer ingrediente, pois absorve bem o sabor do prato ao qual foi adicionado.

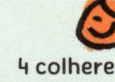

1. colheita da soja
2. debulha dos grãos (extraí-los das vagens)
3. molho
4. trituração
5. cozimento
6. extração do leite de soja
7. adição de coagulante*
8. formação do tablete de tofu

* Certos tipos de queijo, em sua produção, requerem um coagulante (ver p. 83). No caso do tofu, usa-se gesso comestível ou água do mar.

MAPO DOUFU, lê-se "Mápó tòufu"
tofu com molho picante
⏱ 30 min; 3×🥣

- 1 colher (chá) de grãos de pimenta (preferencialmente sichuan)
- 300 g de tofu
- 4 colheres (sopa) de extrato de tomate
- 1 ½ colher (chá) de pimenta gochugaru (ou caiena)
- 3 dentes de alho
- 2 cm de gengibre
- ⅓ de copo de óleo vegetal (85 ml), de preferência de amendoim ou gergelim
- 250 g de carne moída
- 1 ⅕ de copo de água (300 ml)
- 2 colheres (sopa) de shoyo
- 1 colher (chá) de fécula (por exemplo, de batata)
- talos de cebolinha
- sal

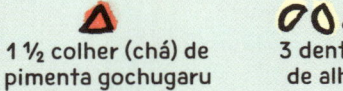

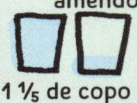

🌶 O mapo doufu precisa ser bem picante. Então, se você quiser, pode adicionar mais especiarias picantes.

🥣 Na China, o mapo doufu é preparado com fava e soja fermentadas. Esses ingredientes não são encontrados facilmente, por isso não os incluímos.

1 Toste os grãos de pimenta em uma frigideira sem óleo e depois moa esses grãos ou soque-os num pilão.

2 Em uma panela pequena, ferva a água com uma colher (chá) de sal, adicione o tofu e cozinhe por 1-2 min em fogo baixo. Tire-o da água e, quando esfriar, corte em cubos.

3 Misture o extrato de tomate com a pimenta gochugaru. Pique o alho e o gengibre.

4 Em uma frigideira grande, aqueça o óleo. Salgue a carne e frite por alguns minutos. Em seguida, adicione o extrato de tomate, a pimenta moída, o alho e o gengibre. Frite por mais 5 min.

5 Acrescente a água, o molho de soja e o tofu. Misture delicadamente e então deixe cozinhar por alguns minutos.

6 Por fim, adicione a fécula misturada em uma colher (sopa) de água. Sirva com arroz salpicado com cebolinhas.

Wang Wei adora mapo doufu bem picante. Quanto mais ardido, melhor.

5 DINASTIAS E 10 REINOS 907-960

XIA OCIDENTAL 1038-1227
Li Yuanhao

DINASTIA SONG 960-1279
Song Taizu

DINASTIA YUAN 1271-1368
Kublai Khan

DINASTIA LIAO 916-1125
Liao Taizu

DINASTIA JIN 1115-1234
Jin Taizu

O REI DO AMIDO

- É difícil imaginar o mundo sem o **arroz**. Talvez possamos dizer que é a planta mais importante para o ser humano.
- Se o compararmos com outros alimentos saciantes*, logo veremos suas vantagens. Ao contrário dos tubérculos e das raízes, o arroz é seco, por isso praticamente não estraga. Sua colheita é mais abundante que a do trigo e de outros cereais. Além disso, os grãos exigem pouco tratamento. Uma vez secos, descascados e cozidos, ficam macios e saborosos e matam a fome.

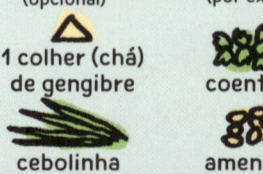

*Mais informações sobre os alimentos saciantes na p. 102.

GRÃOS ALONGADOS

ARROZ DE GRÃOS CURTOS

ZHOU, lê-se "Jôu"
mingau de arroz
2 h; 4×

½ copo de arroz (90 g)
3 copos de água (750 ml) (ou caldo de carne)

acompanhamento
- frango cozido (opcional)
- 200 g de cogumelos (por exemplo, shimeji)
- shoyu
- 1 colher (chá) de gengibre
- coentro
- legumes em conserva
- cebolinha
- amendoins
- alface picada

TERRAÇOS VERDES

- Atualmente se cultivam mais de 8 mil variedades de arroz, que alimentam metade da população da Terra. Algumas crescem em áreas regularmente inundadas pela chuva; outras em águas com alguns metros de profundidade e outras ainda são secas. Na China, um método de cultivo bastante tradicional — e produtivo, ainda que trabalhoso — é o de **terraços de arroz**.
- Graças a essas espetaculares estruturas, é possível cultivar arroz nas encostas das montanhas e, com a irrigação adequada, obter até três colheitas por ano.

BAOZI
pão recheado cozido no vapor.

YUAN XIAO
bolinhos de arroz com recheio doce.

SHAHE FEN
fitas de macarrão de arroz.

FEN SI
fios de macarrão feitos de feijão-mungo.

MI FEN
fios de macarrão de arroz.

MANTOU
pão sem recheio, igualmente cozido no vapor.

WONTON
massa recheada com carne ou camarão, frequentemente servida em sopas.

JIAOZI OU GUIOZA
pasteizinhos de massa de farinha de trigo muito fina, feitos em vários formatos.

MIAN
macarrão de farinha de trigo de diversas espessuras.

CALEIDOSCÓPIO DE MASSAS

- Embora as massas sejam geralmente associadas à culinária italiana, é na China que encontramos a maior variedade de macarrões e bolinhos, de inúmeros formatos e estilos. São feitos de diversos tipos de farinha e preparados de diferentes maneiras.

DINASTIA MING
1368-1644

Hongwu

DINASTIA QING
1644-1911

Qianlong

19

Zhou é um prato para o café da manhã. Embora lembre um pouco o mingau de aveia, não é doce, e seus acompanhamentos têm sabores inconfundíveis, salgados ou azedos.

1. Lave o arroz várias vezes em água fria. Cubra-o com água e coloque para ferver. Então, tampe a panela e cozinhe por 2 h em fogo baixo, mexendo de vez em quando. Por fim, adicione os pedaços de frango (opcional).

2. Pique os cogumelos, misture com o shoyu e o gengibre e reserve por 30 min.

3. Aqueça o óleo em uma frigideira e frite os cogumelos em fogo alto. Retire-os da frigideira e coloque em toalhas de papel para absorver o óleo.

4. Sirva o zhou em tigelas junto com os acompanhamentos.

Li Min sempre começa o dia com uma tigela enorme de zhou com variados acompanhamentos.

1. domesticação do arroz
2. o arroz chega à Índia
3. o arroz chega à África
4. o arroz chega à Europa
5. o arroz chega às Américas

PLANTAS DE OUTRO MUNDO

▶ Os **bambus** são plantas que parecem ter saído de histórias de ficção científica. Podem crescer 1 m por dia e alcançar até 30 m de altura. Seus caules são tão fortes que servem para construir casas e pontes. A maioria dos bambus floresce apenas uma vez em décadas e as plantas do mesmo grupo — bosques inteiros — florescem todas ao mesmo tempo e em seguida morrem, deixando um mar de sementes. O mais curioso é que ninguém sabe exatamente por que isso acontece!

▶ Além disso, seus brotos são saborosos. Basta colhê-los logo que despontam na terra e fervê-los para tirar o amargor. Depois é só acrescentá-los a seus pratos favoritos.

bambu com casca

bambu descascado

AO REDOR DO MUNDO

▶ Ainda há controvérsias sobre quando e onde se deu início ao cultivo do arroz. É bem provável que tenha sido domesticado nas terras entre o leste da Índia Oriental e o sul da China, há mais de 12 mil anos.

▶ Ao longo dos milênios, o arroz foi se difundindo mundo afora, encerrando sua jornada nas Américas, aonde chegou por um caminho que não foi dos mais curtos.

JAPÃO
FEITO DE CARNE SEM CARNE

- As iguarias japonesas são apreciadas no mundo todo: sopas repletas de umami, suculentos peixes crus e, é claro, o famoso sushi. É difícil imaginar que, no passado, os habitantes das ilhas japonesas mantivessem todas essas delícias somente para si.
- Rodeado de água e desconfiado de seus vizinhos, o Japão relutava em aceitar as inovações estrangeiras e apostava nos produtos locais. A variedade de pratos e sabores dependia da criatividade dos cozinheiros, e não da diversidade de ingredientes disponíveis, que não era grande.
- Em raros períodos de abertura para o mundo, as novidades chegaram ao Japão. Arroz, soja, trigo e chá vieram da China, enquanto leite e batatas, antigamente nem um pouco populares, só foram adquirir importância há pouco mais de um século, graças aos contatos com os Estados Unidos.
- O que há séculos tem moldado a cultura japonesa e também sua culinária é a necessidade de uma beleza ordenada. Tanto os lanches simples quanto os pratos suntuosos são preparados e servidos com muito zelo, de forma que sejam apetitosos não só para o paladar, mas também para os olhos.

VERDURAS OCEÂNICAS

- Há pouco espaço para pastagens nas ilhas montanhosas. Além disso, a religião proibia os japoneses de comer carne de animais de criação. Por isso, há séculos a base da alimentação tem sido os vegetais, incluindo as **algas marinhas**.
- Ainda hoje, são consumidos anualmente bilhões de folhas, frescas ou secas. Elas são apreciadas por seu sabor inigualável e por serem ótimas para a saúde. São utilizadas ainda para engrossar, gelificar e unir outros produtos.

NORI
Vendido em películas finas, eram originalmente preparadas com o mesmo método de fabricação do papel japonês.

KOMBU
Grandes algas marinhas, são secas ou marinadas após sua colheita.

WAKAME
Disponíveis frescas, secas ou em pó.

ESTIMULANDO PALADARES

- Em 1908, o químico japonês Kikunae Ikeda descobriu o ácido glutâmico nas algas kombu. Pesquisas posteriores mostraram que esse composto era o responsável por dar sabor de carne aos pratos. Ikeda chamou-o de umami, que significa "saboroso", e patenteou: o glutamato monossódico.
- Nos anos seguintes, os químicos descobriram novas fontes de umami. Shintaro Kodama os encontrou no peixe bonito, e Akira Kuninaka, em cogumelos shitake.
- Hoje sabemos que o umami também pode vir de outros ingredientes, como caldos de carne, cogumelos e produtos fermentados.

Kikunae Ikeda

Shintaro Kodama

Akira Kuninaka

MISTERIOSOS DESAPARECIMENTOS

▸ Até recentemente, o cultivo de nori ⑥ nas costas do Japão era muito imprevisível: às vezes não crescia nada nos campos submarinos.

▸ O mistério foi resolvido pela dra. **Kathleen Drew**, que descobriu que os esporos das algas nori grudavam nas ranhuras das conchas e, quando a água ficava muito fria, se desprendiam e flutuavam à deriva até outras áreas.

▸ A dra. Drew sugeriu aos produtores marinhos que usassem redes com cascas de ovos no interior para substituir as conchas. Desde então, os esporos capturados se desenvolvem sob condições controladas, e a produção de nori tem se multiplicado.

1. cozimento do arroz
2. adição de koji (fungos do mofo)
3. cozimento da soja
4. trituração da soja
5. mistura da soja e do arroz com o sal
6. fermentação

INTENSAMENTE UMAMI

▸ O **missô** é uma pasta espessa e salgada que se forma pela fermentação da soja ou de outros grãos. É essencial não apenas para a sopa de missô, mas também para vários molhos, conferindo-lhes um sabor umami.

A CARNE PROIBIDA

▸ Quando o budismo se tornou uma das principais religiões do Japão, há 1.400 anos, comer carne passou a ser visto como uma quebra das regras de boa conduta. A primeira delas proíbe tirar a vida, o que, de acordo com muitas interpretações, também se aplica aos animais (peixes e frutos do mar não integravam essa categoria).

▸ Hoje, as proibições religiosas alimentares não são tão importantes para os japoneses, mas peixes e vegetais continuam sendo a base do cardápio.

MISSÔ
sopa com sabor umami: ⏲ 15 min: 4×🍜

- 3 colheres (sopa) de algas marinhas wakame secas
- ½ copo de água fria (125 ml)
- 6 copos de água (1 ½ l)
- 2 colheres (chá) de caldo de dashi* em pó
- 3 colheres (sopa) de pasta de missô (60 g)
- 1 tablete de tofu (200 g)
- 1 cebola com as cebolinhas
- Um punhado de brotos frescos de feijões-mungo (opcional)

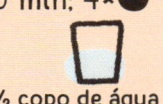

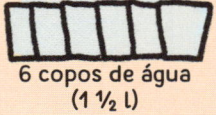

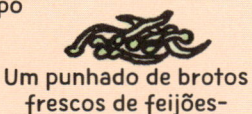

* Dashi é uma decocção de algas marinhas kombu e flocos de katsuobushi (você pode ler sobre eles na próxima página).

Haru adora tomar missô depois das refeições.

1 Deixe as algas wakame mergulhadas em ½ xícara de água fria por 10 min.

2 Ferva 6 copos de água, junte o dashi e o missô. Misture e ferva novamente.

3 Corte o tofu em cubos e pique as cebolinhas. Adicione ao caldo e cozinhe por 5 min.

4 Escorra as algas wakame em uma peneira e corte-as em pedaços, acrescente-as à sopa junto com os brotos de feijão-mungo (opcional) e cozinhe por mais 1 min.

PESCADO NO INTERIOR

- O acesso limitado à carne bovina ou suína e as proibições religiosas levaram os japoneses a consumir muitos peixes e frutos do mar. Contudo, sem os transportes refrigerados modernos, era quase impossível levar peixe fresco ao interior do país.
- Por isso, conservavam os peixes salgando-os e fermentando-os[1]. No Japão, esse método era chamado de **narezushi**, ou seja, "peixe salgado".
- As camadas de carne mais delicadas eram intercaladas com arroz, que era jogado fora depois de comerem o peixe. Com o tempo, o arroz, azedo por causa do ácido láctico[2], passou a fazer parte do prato, dando origem ao sushi que conhecemos hoje.
- Hoje o arroz é acidificado com vinagre e servido com peixe cru, mas esse método moderno se tornou popular há apenas 300 anos.

[1] Sobre conservação de peixes ver p. 57.
[2] Leia mais na p. 65.

Ei! Não coma esse arroz! Está azedo!

Está maluco? É uma delícia!

PORÇÕES PEQUENAS

- O **sushi** é o mais famoso prato japonês. É servido em restaurantes caros, em redes de fast-food* e em pontos de comida barata.

* Sobre fast-food, veja a p. 37.

MAKIZUSHI 8
(sushi enrolado)
Colocam-se os complementos numa camada de arroz que é enrolada numa película de algas nori*, formando um cilindro, que depois é cortado em fatias.

* O makizushi pode também ser enrolado em outro ingrediente.

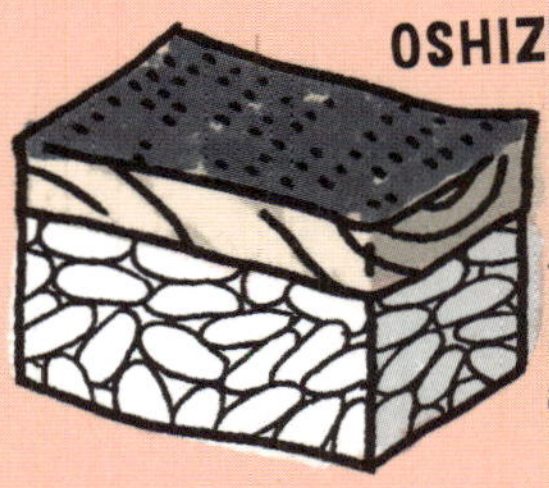

OSHIZUSHI 9
sushi prensado
O bloco de arroz é amassado em uma tábua de madeira 11, junto com os complementos cozidos ou fermentados, e é cortado em pedaços menores antes de ser servido.

- É claro que entre lugares tão diferentes a qualidade também varia muito. Embora a ideia de combinar complementos ao arroz azedo pareça simples, a perfeita preparação do sushi é uma arte rigorosa, que exige conhecimento, concentração e anos de prática.

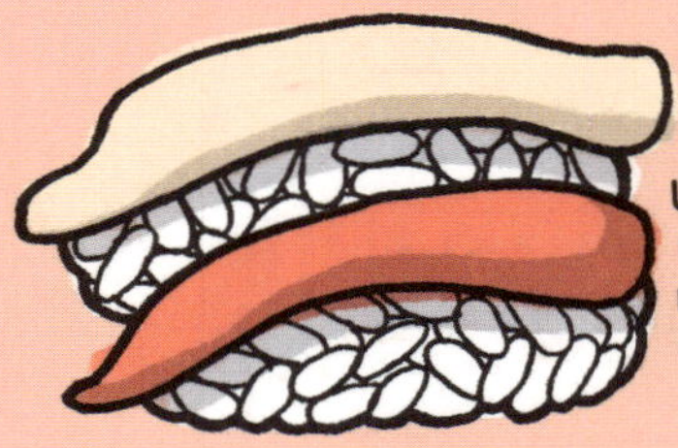

NIGIRIZUSHI 3 10
sushi prensado na mão
Uma bolinha de arroz modelada com a mão e coberta com complementos.

CHIRASHIZUSHI 4 12
sushi esparramado
Os complementos são espalhados sobre uma tigela de arroz.

O sushi é servido com fatias de gengibre (gari), shoyu repleto de sabor umami, wasabi (cuja ardência adentra as narinas), rabanete branco (daikon) e chá verde.

ONIGUIRI
bolinho de arroz
preparo do arroz: 1 h
produção: 20 min; ×12-14

- 2 copos de arroz para sushi (400 g)
- 2 ¾ copos de água (690 ml)
- 2 folhas de nori

recheio
- ½ lata de atum natural
- 1 colher (chá) de shoyu
- 30 g de salmão defumado ou assado
- umeboshi ou outra conserva
- sal
- gergelim para salpicar (opcional)

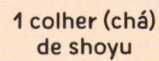

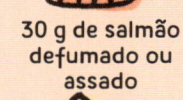

O oniguiri tradicional 5 é recheado com **umeboshi**, uma ameixa em conserva salgada, ou com **katsuobushi**, fatias secas, fermentadas e defumadas do peixe bonito. Você também pode fazer oniguiri sem recheios ou rechear com o que quiser (frutas ou legumes, picles, camarões etc.).

1 Despeje o arroz em uma tigela e enxágue vigorosamente com água fria, mexendo os grãos com movimentos circulares. Repita várias vezes, até que a água saia limpa.

2 Escorra o arroz com uma peneira, coloque-o em uma panela, cubra com água e deixe de molho por 30 min. Corte as folhas de nori em tiras de 7 cm × 3 cm.

3 Ferva a água com o arroz. Reduza o fogo ao mínimo, tampe a panela e cozinhe destampado, sem mexer, por 15 min. Deixe descansar com a panela tampada por 10-15 min.

4 Mexa delicadamente o arroz e deixe esfriar um pouco — é melhor formar os oniguiri com o arroz morno.

NO DIA A DIA

▸ Além do missô, o **shoyu** ❹ também é bastante usado para se obter o umami. Inventado na China na dinastia Chou*, esse molho escuro feito de soja tem um sabor salgado, quase cárneo.

▸ Suas variedades decorrem da fermentação da soja e do trigo. É tão comum no Japão e na China quanto é o sal na culinária europeia.

*Sobre a soja e as dinastias chinesas, veja a p. 16.

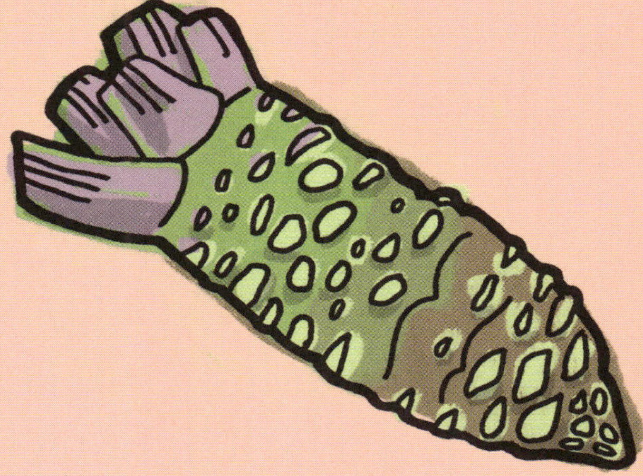

É IMPOSSÍVEL MELHORAR!

▸ Os japoneses acreditam que, na preparação de peixes, o mais importante é manter seu sabor e sua textura naturais. Cozinhar, fritar, assar ou fermentar mudam essas condições — nem sempre para melhor.

▸ Provavelmente por isso um dos mais populares petiscos encontrados em restaurantes japo-neses é o **sashimi** ❼ — carne crua oriunda de peixes, lulas ou outros animais, cortada em pedaços pequenos.

CÓCEGAS NO NARIZ

▸ O **wasabi** ❷ é uma planta usada como complemento para o sushi, o sashimi e outros pratos. A raiz fresca é ralada e servida em pequenas porções. É verde, tem um sabor intenso e produz cócegas no interior do nariz.

▸ As raízes frescas são vendidas exclusivamente no Japão. O restante do mundo precisa se contentar com a pasta vendida em tubos ou com a versão em pó, a ser misturada com água.

▸ Alguns restaurantes, em vez de wasabi, servem a colorida raiz-forte (chrzan)*. Mesmo que essas plantas não tenham muito em comum, as duas irritam o nariz da mesma forma.

*Mais na p. 74.

5 Escorra o atum e misture com o shoyu, despedace o salmão e pique as ameixas ou o picles.

6 Molhe as mãos, polvilhe os dedos com sal. Coloque 2–3 colheres (sopa) de arroz nas mãos e aperte, deixando o bolinho em forma triangular. Com o indicador, fure o centro dos oniguiris, recheie e aperte para fechá-los.

7 Pegue um pedaço de nori e embrulhe a base do oniguiri. Salpique tudo com sementes de gergelim.

O oniguiri pode ser servido de várias maneiras.

Yuna prepara oniguiri todos os dias para a filha comer na escola

ÍNDIA
A SANTA MANTEIGA E OS DIVINOS TEMPEROS

▸ Há 5 mil anos, nas terras onde hoje fica a Índia, já existia a civilização do vale do Indo. A Índia, um país imenso e com longa história, tem muitos costumes, línguas e religiões (das quais a mais importante é o hinduísmo). Por isso, a culinária indiana é também muito variada, pois cada região valoriza a sua própria, baseada em iguarias locais.

▸ Nos pratos indianos há grande influência da religião e de suas tradições. Os livros sagrados do hinduísmo descrevem as formas mais apropriadas de preparar os pratos e os ingredientes, pois defendem que o que comemos afeta não apenas o corpo, mas também o espírito.

▸ Muitos hindus não comem carne (especialmente a bovina) por razões religiosas.

▸ Isso se deve à ainsa, que conjuga o princípio de não fazer o mal, a convicção de que todos os

VACA SAGRADA

▸ As vacas são reverenciadas na Índia há quase 4 mil anos ❸. Andam pelas ruas e ninguém se atreve a enxotá-las; na maioria das regiões, tampouco se consome sua carne. Os motivos, além dos religiosos, são também práticos.

▸ As vacas leiteiras oferecem muito mais alimentos do que as de abate. Do leite, ingrediente fundamental da cozinha indiana, se produzem creme de leite, iogurte, sorvete, queijo, manteiga e ghee ❺. Os animais ainda ajudam os agricultores, puxando carroças e arados. O esterco é um bom fertilizante e serve como combustível. As vacas dão muito em troca de muito pouco, por isso são um símbolo sagrado de generosidade e abundância.

▸ Até mesmo o governo indiano tenta protegê-las. Os políticos lutam pela proibição do abate desses animais, para dar a elas a chance de viver uma velhice tranquila.

KRISHNA — Um dos mais conhecidos e adorados deuses do hinduísmo é frequentemente apresentado como um pastor sagrado.

BARFI
barrinhas de leite

⏱ 10 min (+1 noite na geladeira): 14×

- 6 colheres (sopa) de ghee (80 g) ou manteiga
- ½ copo de leite (125 ml)
- 1 copo de açúcar (120 g)
- 2 copos de leite em pó (140 g)
- ¼ de colher (chá) de cardamomo moído

A primeira receita que Rahul aprendeu a fazer.

1 Derreta a manteiga em uma panela, acrescente o leite, o açúcar e o leite em pó. Ainda aquecendo, mexa vigorosamente por alguns minutos até a mistura engrossar.

2 Acrescente o cardamomo e mexa novamente com cuidado.

3 Coloque a massa em um prato untado, formando uma camada uniforme de uns 2 cm de altura. Deixe na geladeira durante a noite. Corte em quadrados e guarde em um lugar frio.

seres vivos formam uma unidade e a crença na reencarnação, segundo a qual a alma de todas as criaturas, após a morte, renasce em um novo corpo: humano, animal ou mesmo vegetal.
▸ As especialidades indianas incluem alguns tipos de curry (ensopados com leite de coco ou iogurte) e os biryani (arroz com legumes ou carne e muitas especiarias) ❻.
▸ Os pratos costumam ser acompanhados por chapati ❹, também conhecido como pão ázimo, ou por naan, outro tipo de pão achatado que é assado no tandur, um forno de barro.
▸ Na Índia, não é permitido comer com a mão esquerda, considerada impura. Há muitas outras regras que se deve respeitar ao comer e cozinhar. Ainda assim, é o destino ideal para quem gosta de especiarias aromáticas, sobremesas muito doces e pratos vegetarianos.

Os hindus protegem muitos animais, mas as vacas têm um lugar especial nos livros sagrados e nas imagens religiosas.

VACA PRITHVI
Encarnação da mãe Terra, de sua abundância, bondade e sabedoria.

KAMADHENU
A deusa vaca e mãe de todas as vacas.

FRESCO POR MUITO TEMPO

▸ O **ghee** ❺ é um tipo de manteiga clarificada* que consiste unicamente de gordura. Começou a ser produzida milhares de anos antes da invenção da geladeira, pois, mesmo no calor, dura muitas semanas.
▸ O ghee é considerado sagrado porque é obtido a partir do leite de vaca puro. Os hindus o utilizam em quase tudo: para preparar curry e doces, untar o pão, refogar os temperos e em muitos outros pratos.
▸ Também é oferecido aos deuses e pode ser usado como remédio.

* Ver também p. 105.

1. aquecer o leite
2. recolher a nata da superfície
3. acrescentar um pouco de iogurte à nata
4. bater a manteiga
5. separar a manteiga do líquido restante (leitelho)
6. aquecer a manteiga
7. espumar (tirar resíduos de leite que espumam na superfície)
8. ghee pronto

TEMPEROS USADOS NA ÍNDIA

MANIA DE MISTURAR

▶ As misturas de especiarias picantes e aromáticas são a base da cozinha indiana. Cada região, cidade e mesmo cada família tem suas favoritas.

Essa mistura é chamada de **masala**[1] ❶, e os pratos temperados com ela são chamados de **curry**, mesmo que não contenham curry em pó ou folhas da árvore de curry.

[1] As primeiras masalas consistiam basicamente de cúrcuma, gengibre e alho. Eram usadas pelo povo do vale do Indo 4 mil anos atrás.

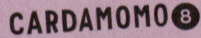

▶ Uma das mais famosas misturas indianas é a **garam masala**[2] ❷, que contém cominho, pimenta-do-reino, coentro, cardamomo, cravo-da-índia, canela e noz-moscada.

[2] A garam masala é um ingrediente essencial do rajma chaval (receita abaixo).

ASSA-FÉTIDA ❼
conhecida como férula ou funcho-gigante

É o fluido leitoso seco que escorre das raízes da assa-fétida, famosa por seu horrível cheiro, amenizado depois de aquecida em gordura. Ela dá aos pratos um sabor maravilhoso de cebola e alho-poró.

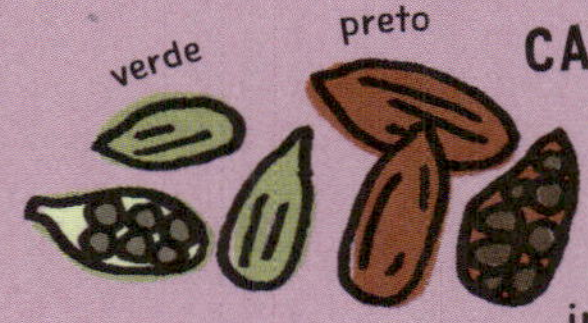

TRIGONELA ⓫
sementes / folhas

Planta aparentada com o trevo. Tem aroma picante e sabor levemente amargo.

PIMENTA ⓭
Frutos da trepadeira *Piper nigrum*. A pimenta-preta é o fruto semimaduro e seco.

A pimenta-branca são os frutos maduros, secos e sem casca.

A pimenta-verde é simplesmente o fruto seco antes de amadurecer.

CARDAMOMO ❽
verde / preto

Sementes secas de uma planta da família do gengibre. Uma vez moídas, perdem rapidamente seu aroma. Por isso, é melhor moer imediatamente antes de usar.

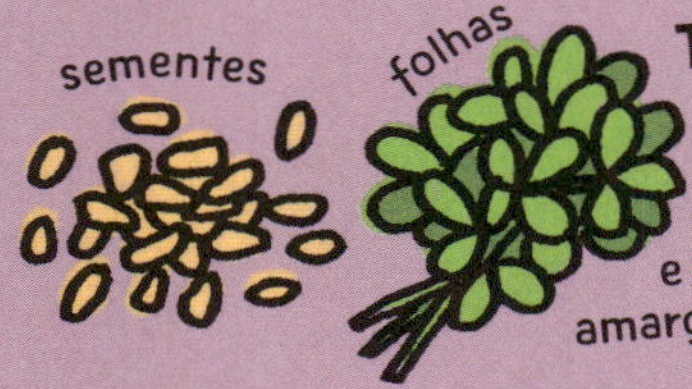

CRAVOS-DA-ÍNDIA ⓬
botões frescos

São brotos secos de uma árvore originária da Indonésia. Têm um sabor forte e um odor bem característico.

NOZ-MOSCADA
caroços secos

Ambas as espécies são extraídas do fruto da noz-moscada. Têm gosto semelhante, mas o macis é mais suave.

MACIS (ARILO)
membrana seca do caroço

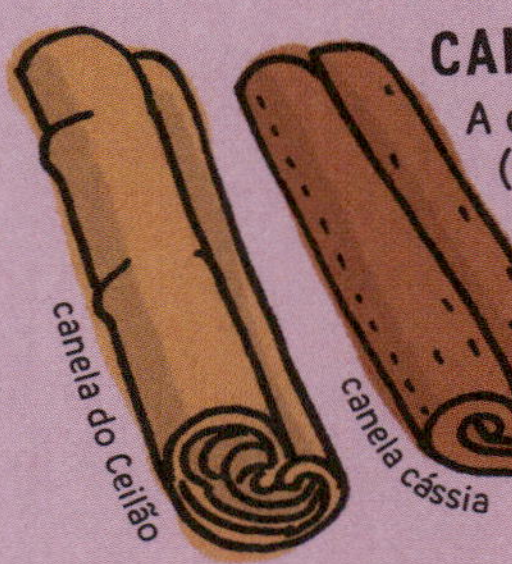

CANELA ❾
canela do Ceilão / canela cássia

A canela, originária do Ceilão (atual Sri Lanka), é a casca seca e moída da caneleira. A cássia é uma substituta mais popular e menos cara, derivada de outra planta, também conhecida como canela aromática ou canela falsa.

COENTRO ❿
sementes / folhas

São consumidos as folhas, os caules e as sementes. A planta tem um aroma refrescante e um sabor cítrico. Algumas pessoas sensíveis às substâncias presentes nas folhas associam o gosto ao sabão.

CÚRCUMA ❷ ⓰

É o rizoma de uma planta da família do gengibre. Ligeiramente picante, costuma ser cozido, seco e moído. A cúrcuma ou açafrão-da-terra é conhecida há milhares de anos e também utilizada como corante.

RAJMA CHAVAL, lê-se "Rádjima Tchavol"

feijão com arroz
feijão de molho: 8 h
cozimento do feijão: 60-90 min
preparo: 🕐 45 min; 3× 🍽

Ingredientes:
- 1 copo de feijão vermelho seco (170 g)
- 4 copos de água fria (1 L)
- sal
- 1 cebola grande
- gengibre (um pedaço de 3 cm)
- 3 dentes de alho
- 1 lata de tomates
- 5 colheres (sopa) de óleo (75 ml)
- ¼ de colher (chá) de pimenta chili (ou pimenta-caiena)
- 1 colher (sopa) de manteiga clarificada
- 2 folhas de louro
- 1 colher (chá) de garam masala
- 1 punhado grande de coentro fresco
- ½ colher (chá) de cominho moído
- 1 colher (chá) de folhas secas de trigonella (opcional)
- arroz para acompanhar

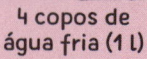

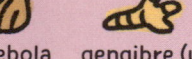

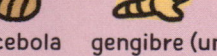

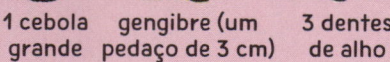

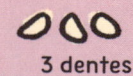

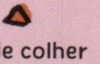

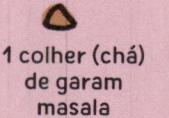

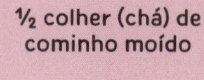

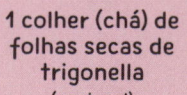

1 Deixe o feijão de molho por pelo menos 8 h. Depois, escorra e, numa panela, cubra os feijões com água fresca. Com a tampa, cozinhe por 60-90 min. O feijão deve ficar macio, mas não pode se desmanchar. No final do cozimento, acrescente uma colher (chá) de sal. Depois de cozido, escorra e reserve separadamente a água e o feijão.

2 Pique a cebola. Descasque o gengibre e o alho e bata no liquidificador com 2 colheres (sopa) de água. Depois, coloque numa tigela. Bata também os tomates.

AÇÚCAR DE CANA

▸ Os seres humanos apreciam desde sempre as frutas doces e o mel. Mas o açúcar, hoje encontrado com facilidade, permaneceu desconhecido por muito tempo.

▸ Na Ásia, há 10 mil anos se cultiva a cana-de-açúcar ⓯, da qual se extraía um caldo doce. Mas foi só 8 mil anos mais tarde, no início da nossa era, que os habitantes da Índia tiveram a ideia de evaporar o caldo ao sol. Dessa forma, obtiveram pequenos cristais, o primeiro açúcar, que eles adicionavam a bebidas e alimentos.

▸ O açúcar da Índia se espalhou pelo mundo inteiro. Durante séculos foi considerado um luxo. Hoje, por ser bem mais barato, é consumido em excesso, pois é utilizado em muitos produtos industrializados. A cana continua sendo utilizada em sua fabricação, embora existam outros tipos feitos com outros vegetais. É o caso do açúcar de beterraba-sacarina*.

* Mais na p. 71.

1 quebrar os talos de cana-de-açúcar

2 extrair o sumo

3 reduzir o sumo de sua evaporação – surge um xarope espesso chamado melaço

4 acrescentar minúsculos cristais de açúcar para iniciar a formação de novos cristais

5 centrifugar os cristais

6 o açúcar mascavo pronto para ser consumido (muitas pessoas preferem o açúcar branco, por isso ele passa com frequência pelo processo de branqueamento)

Já que os limões e o açúcar são originários da Índia, acredita-se que foi ali que se preparou a primeira limonada. A versão tradicional dessa bebida contém limão-galego, suco de lima, gengibre e, às vezes, menta, maçã, romã, cominho ou açafrão.

Toda quarta-feira, Priya faz rajma chaval.

3 Em uma panela, aqueça o óleo e frite as folhas do louro por 1 min, mexendo.

4 Acrescente a cebola picada e frite por 4 min no fogo médio até amolecer. Adicione o gengibre e o alho e frite por mais 1 min.

5 Aumente o fogo, acrescente o purê de tomate, o sal e cozinhe por 8 min, mexendo de vez em quando até engrossar.

6 Adicione o cominho, a pimenta e ½ colher (chá) de garam masala.

7 Adicione o feijão cozido e 2 xícaras do líquido do cozimento. Deixe cozinhar, com tampa, por 15 min em fogo brando. Aumente o fogo, destampe e cozinhe por mais 10-15 min, até que todo o líquido evapore. Por fim, acrescente o garam masala restante, as folhas trituradas de trigonella (opcionais) e a colher (sopa) de manteiga. Você também pode amassar alguns feijões na panela com um garfo ou pilão para deixar o prato mais espesso.

8 Sirva com arroz e polvilhe com coentro fresco.

VIETNÃ
FRESCOR COM MOLHO DE PEIXE

- A história do Vietnã começa nos reinos lendários de Văn Lang e, mais tarde, de Âu Lạc. Este último foi conquistado pelos chineses há 2.200 anos, e a parte norte do atual Vietnã esteve sob seu domínio durante os mil anos seguintes.
- A poderosa e rica civilização chinesa teve enorme influência sobre a culinária vietnamita. Alguns pratos (como os bolinhos de massa fresca) e certas tradições (como o costume de comer com pauzinhos) têm origem ali.
- Também é impossível ignorar as influências europeias, como o popular sanduíche bánh mì ❻ — uma das heranças das várias décadas de presença dos invasores franceses. Muitas especiarias e ervas ❽, indispensáveis na cozinha vietnamita, chegaram ali através da Índia, em rotas comerciais.
- Isso não significa que não há originalidade em seus pratos. O costume de embrulhar as iguarias em folhas de alface e de outras ervas ❾ é uma ideia local, anterior às influências estrangeiras. As inovações vindas de fora se ajustaram, ao longo dos séculos, às preferências locais, criando uma culinária complexa e original.

pesca dos peixes

tina de anchovas

adição de sal

fermentação (um ano)

filtragem e engarrafamento do molho

FEDORENTO E MARAVILHOSO

- Um dos ingredientes mais importantes dos pratos vietnamitas salgados é um molho de peixe ❺ feito de anchovas salgadas e fermentadas. Ele é tão usado quanto são o shoyu* no Japão e na China e o sal no mundo inteiro.

* Mais na p. 23.

BÁNH XÈO, (lê-se "Bãn Xiéu")
panquecas crocantes
⏱ 45 min · 6×

massa da panqueca

- 1 ¼ copos (250 g) de farinha de arroz
- 1 ¼ copos (250 g) de fécula de batata
- 1 ½ colher (sopa) de farinha de trigo
- 1 colher (chá) de açúcar
- 1 ½ colher (chá) de sal
- 1 colher (chá) de cúrcuma
- 2 copos de água fria (500 ml)
- 1 copo de leite de coco (250 ml)
- ½ maço de cebolinha
- óleo vegetal para fritar

acompanhamentos

- 300 g de bacon
- 200-300 g de camarões frescos ou congelados
- 1 cebola grande
- 4 punhados de brotos de feijão-verde fresco
- 1 pé de alface pequeno
- 2 pepinos pequenos
- 2 cenouras pequenas
- 1 punhado de coentro e menta frescos
- sal

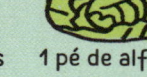

molho nước mắm pha

- 2 dentes de alho
- 1 pimenta chili pequena
- suco de ½ limão
- ¼ de copo de açúcar (55 g)
- 6 colheres (sopa) de molho de peixe
- ½ copo de água morna (125 ml)

1 Em uma tigela, misture todas as farinhas, o açúcar, o sal e a cúrcuma. Adicione a água fria e o leite de coco e bata no liquidificador. Pique a cebolinha, adicione-a à mistura e coloque de volta na tigela. Cubra e reserve por 30 min.

2 Corte o bacon em fatias de 0,5 cm e depois salgue o bacon e os camarões. Corte a cebola em rodelas grossas. Separe as folhas de alface, lave-as e seque-as. Descasque os pepinos e as cenouras e, com o descascador, corte-os em tirinhas finas. Coloque num prato grande os acompanhamentos já preparados.

3 Pique o alho e a pimenta e misture bem com os ingredientes restantes do molho.

4 Numa frigideira grande, aqueça bem 2 colheres (sopa) de óleo. Adicione 4 fatias de bacon e 2-3 camarões. Frite no fogo alto por 5 min, mexendo de vez em quando. Adicione alguns anéis de cebola e frite por mais 2-3 min.

5 Acrescente uma colher (sopa) de óleo e despeje uma concha de massa. Espalhe uniformemente inclinando a frigideira. Frite por 3 min e depois reduza o fogo ao mínimo. Tampe a frigideira por alguns minutos, até que a parte superior da massa esteja cozida.

6 Cubra metade da panqueca com um punhado de brotos de feijão e dobre-a ao meio. Tampe a frigideira e cozinhe mais um pouco em fogo baixo.

7 O bánh xèo se come com as mãos. Corte um pedaço da panqueca e coloque-o sobre uma folha de alface. Acrescente as tiras de pepino e de cenoura e as ervas picadas. Enrole tudo com a folha de alface, mergulhe no molho e coma aos pedacinhos.

Duc adora bánh xèo com muito camarão.

TIGELA RECHEADA

▶ A sopa **phở**❶, em suas inúmeras variedades, é muito apreciada no mundo inteiro. A base da versão tradicional é um caldo aromático feito de ossos de vaca, cebola, gengibre, anis, cravo-da-índia e cardamomo. Cada porção é servida com vários acompanhamentos: macarrão de arroz, carne, ervas frescas, brotos de feijão, legumes, molho de peixe e outras iguarias❹. A composição depende da região e das preferências de quem come.

▶ Acredita-se que a sopa phở surgiu por conta do gosto dos franceses pela carne bovina. Quando o Vietnã era controlado pela França, começou-se a criar mais vacas e a comer sua carne com mais frequência. Com os ossos e as sobras das carnes criou-se um prato que foi o protótipo da sopa phở.

panela com sopa quente
acompanhamentos frios
*cozinha ambulante **gánh phở***

A sopa quente é vendida nas ruas pela manhã e no fim da tarde, quando está mais fresco. Os vendedores despejam a sopa direto dos gánh phở que carregam nos ombros.

UM, DOIS, TRÊS E PRONTO!

Os pratos vietnamitas são repletos de produtos frescos, servidos crus ou após uma rápida fritura em um **wok** extremamente quente.
▶ Esse método de cozimento é chamado de **stir fry**❼, que possibilita que os pratos sejam cozidos em pouco tempo, conservando a cor, a firmeza e o sabor dos vegetais e dos outros ingredientes❸.

Wok é uma frigideira funda originária da China.

ROLINHOS DE PRIMAVERA

▶ Outra iguaria fresca e crocante são os **gỏi cuốn**❷, rolinhos crus que, diferentemente das panquecas, são enrolados em papel de arroz. São recheados com legumes, ervas, tofu, camarão ou carne.

TƯƠNG XÀO
(lê-se "tuun sau")
creme de missô com alho e chili

TƯƠNG ĐẬU PHỘNG
(lê-se "tuun dau fon")
creme de pasta de amendoim

NƯỚC MẮM PHA
(lê-se "nuc mam fá")
creme com molho de peixe

MERCADO FLUTUANTE
EM NGÃ BẢY, NO DELTA DO RIO MEKONG

AS SUPERERVAS

▶ As ervas ⑩ são essenciais no Vietnã. Destacam o sabor de outros ingredientes e dão aos pratos um aroma maravilhosamente fresco. Por isso, são muito apreciadas e costumam ser servidas em um prato separado.

SHISSÔ — Na variedade vietnamita, a parte de baixo das folhas tem cor púrpura.

MANJERICÃO TAILANDÊS — A erva mais popular no Vietnã, essencial na sopa phở.

PIMENTEIRA — Come-se crua ou envolvendo a carne assada na churrasqueira.

BÁNH CHUỐI NƯỚNG, bolo de banana
lê-se "Bẵn Txuối Num"

forno: 🕐 1 h; preparo: 🕐 20 min; 6× 🍰

4 bananas

2 colheres (sopa) de manteiga

2 colheres (sopa) de açúcar

2 colheres (chá) de essência de baunilha

400 ml de leite de coco

4 colheres (sopa) de leite condensado

6 fatias de pão branco torrado

🍌 No Vietnã, para preparar bánh chuối nướng, usa-se uma variedade de bananas curtas e grossas, que ficam vermelhas em altas temperaturas. Mas o bolo ficará igualmente saboroso se você usar bananas maduras comuns.

1 Derreta a manteiga em uma panela pequena. Descasque as bananas e corte-as em fatias de 0,5 cm. Coloque-as em uma tigela, adicione o açúcar, uma pitada de sal e a baunilha. Misture tudo delicadamente.

2 Em outra tigela, misture o leite de coco e o leite condensado com um batedor. Tire a casca do pão torrado, quebre o miolo em pedaços pequenos e acrescente à mistura. Reserve por 15 min. Preaqueça o forno a 170°C.

FRUTAS AOS MONTES

▶ Além das ervas e dos legumes, um ingrediente muito importante para os pratos vietnamitas, doces e salgados, são as frutas, e sua diversidade é espantosa. Frutas da estação, recém-apanhadas dos pés, são muito mais saborosas do que aquelas compradas em supermercados e fora de época no resto do mundo.

FRUTA-PÃO ⑬ — Originária da Índia, é a maior fruta que cresce em árvore. Pode alcançar quase um metro de comprimento e pesar 35 kg.

PITAIA ⑮ — Proveniente da América Central, é uma fruta da família dos cactus.

LONGANA ⑫ — É nativa do Sudeste Asiático e seu nome em chinês significa "olho do dragão".

COCO ⑭ — Com origem provável na Índia e na Melanésia, sua casca dura contém uma polpa branca e um líquido transparente refrescante.

COENTRO MEXICANO Usado na cozinha e como medicamento tradicional para tratar várias doenças.

ELSHOLTZIA (MENTA VIETNAMITA) Servida crua como acompanhamento.

Ideal para carnes (também é usada como planta de aquário).

LIMNOPHILA AROMATICA

COENTRO VIETNAMITA Vai bem com saladas e gỏi cuốn.

3 Unte com manteiga uma assadeira de cerca de 20×20 cm. Reserve algumas fatias de banana, adicione o restante à mistura de leites e pão e mexa suavemente.

4 Derrame a mistura na fôrma e decore a parte superior com as fatias de banana que você reservou. Asse o bolo por 15 min, pincele com a manteiga derretida restante e asse por mais 45 min.

5 Se seu forno dispuser da função grelhar, use-a por alguns minutos para dourar as bananas. Espere o bolo esfriar ou, de preferência, deixe-o por uma noite na geladeira.

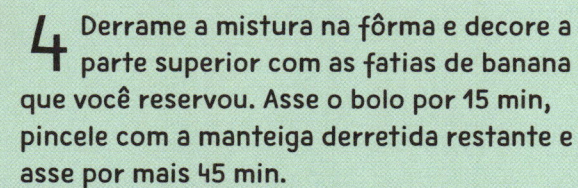

Uyen prepara bánh chuối nướng sempre que seus netos a visitam.

MANGOSTÃO É originário do arquipélago malaio e muitos o consideram a fruta mais saborosa do mundo.

RAMBUTÃ Originária do Sudeste Asiático, seu nome vietnamita é chôm chôm, que significa "cabelo despenteado".

MANGA Originária do sul da Ásia, é uma das frutas tropicais mais cultivadas.

BANANA Domesticada na Papua-Nova Guiné, apresenta-se em muitas variedades, que diferem em sabor, tamanho, cor e uso.

DURIÃO Vem da Malásia e é conhecido por seu cheiro ruim e intenso. Algumas pessoas o adoram, outras associam seu odor ao de putrefação ou de excrementos.

INDONÉSIA
AGRIDOCE, PICANTE, SALGADO, AMARGO

- A Indonésia é um arquipélago de 17.508 ilhas situadas entre dois oceanos ao longo da linha do Equador. Na região se concentram três placas tectônicas, por isso há uma profusão de vulcões ❸, dos quais até 100 podem entrar em erupção a qualquer momento. Os terremotos também são comuns.
- Ao longo dos séculos, a Indonésia foi palco de vários confrontos entre poderosos impérios e países colonizadores. Os seguidos governantes trouxeram consigo novas religiões e costumes. Graças aos contatos comerciais com o império chinês, com os reinos indianos e com os comerciantes árabes e europeus, a culinária se baseou em ingredientes como arroz, amendoim, pimenta chili e soja fermentada.
- As condições naturais e a complexa história do país explicam o fato de a Indonésia ser habitada por cerca de 300 grupos étnicos que falam mais de 700 línguas, com religiões diferentes e tradições bem distintas, inclusive culinárias.
- O que une as multicoloridas culinárias das diversas regiões são os ingredientes e as intensas combinações de sabores. O doce acompanha o azedo, mesclados com o picante, o salgado e o amargo.

APENAS SOJA E FUNGOS
- Embora o tempeh ⓬ exista há séculos, parece ter saído diretamente das páginas de uma história de ficção científica.

1. lavar os grãos de soja
2. cozinhar os grãos

OPOR AYAM
frango cozido no leite de coco
🥚🥚 2 h; 5× 🍚

- 3 colheres (sopa) de óleo vegetal
- 2 caules de capim-limão
- 2 folhas de lima kaffir
- 3 folhas de louro
- 1 colher (sopa) de polpa de tamarindo
- 1 colher (chá) de açúcar mascavo
- 1 a 1 ½ kg de frango em pedaços
- 3 copos de leite de coco (750 ml)
- sal

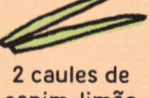

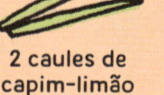

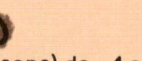

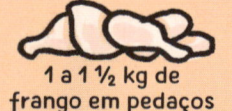

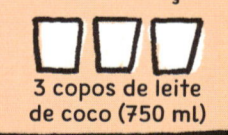

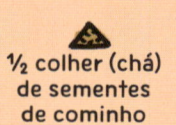

pasta
- ⅓ de copo de amendoim (50 g)
- 1 colher (chá) de sementes de coentro
- ½ colher (chá) de sementes de cominho
- 1 pitada de cúrcuma
- ½ colher (chá) de pimenta chili
- 5 dentes de alho
- 7 chalotas pequenas
- 4 cm de galanga
- 4 colheres (sopa) de água
- sal

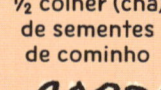

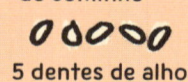

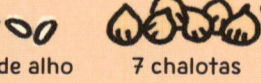

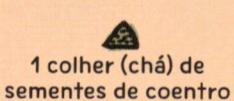

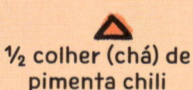

A receita original utiliza nozes-da-índia, aqui substituídas por amendoins.

1. Em uma frigideira seca, torre os amendoins e as sementes de coentro e de cominho. Bata-os no liquidificador com os demais ingredientes da pasta.

2. Aqueça o óleo vegetal em uma panela grande. Acrescente a pasta e frite por 2 min.

PARA ENCHER A BARRIGA
- Na Indonésia, o acompanhamento mais comum é o arroz ❿. Entretanto, não é possível cultivá-lo em todas as ilhas, por isso passou-se a comer diariamente sagu e inhame, que, como outras fontes de amido*, não têm sabor muito marcado, mas satisfazem a fome rapidamente.

* Veja mais sobre amido na p. 102.

SAGU ❻
É uma pasta espessa e sem sabor extraída da medula da palmeira sagu ou de outras palmeiras (como a tamareira).

INHAME ⓫
Também chamado de taro ou taioba, seu cultivo é fácil e conhecido há milhares de anos. Comem-se os bulbos descascados e cozidos e, em alguns pratos, as folhas e a parte macia do caule.

Ele tem a forma de um bloco firme que pode ser cortado, frito, mergulhado em molhos ou comido cru. Contém muita proteína, ferro e vitaminas, é fácil de armazenar e de fazer, inclusive em casa, e por isso é muito consumido em todo o país.

▸ Como ocorre com outros produtos de soja*, o tempeh deve passar pela fermentação para que nosso sistema digestório assimile melhor suas proteínas. Além disso, um fungo especial lhe dá sabor e textura e o aglutina em uma massa compacta.

*Mais na p. 16.

3 descascar

4 misturar com esporos de fungo

5 empacotar em saquinhos (tradicionalmente, em folhas de lima ketmia)

6 depois de 24-36 h, o tempeh está pronto

3 Adicione o capim-limão cortado ao meio, as folhas de kaffir e de louro, a polpa de tamarindo, o açúcar e o sal. Frite por alguns minutos.

4 Adicione o frango e frite por mais alguns minutos, sempre mexendo. Despeje o leite de coco.

5 Tampe a panela e cozinhe o frango por uma hora ou uma hora e meia, até ficar macio.

6 Tempere a gosto com sal e açúcar, sirva com arroz.

O opor ayam é o único prato que Agus prepara para sua namorada

AVES E MAIS AVES

▸ Além de porcos e peixes, as **galinhas** ⑧ são os animais mais consumidos pelos seres humanos. A cada ano, mais de 20 bilhões delas acabam em nossos pratos.

▸ Comemos em média 150 ovos por ano. Mas os campeões são os chineses, que ingerem pelo menos um ovo praticamente todos os dias: um total de quase 1,5 bilhão de ovos por dia.

▸ Na Indonésia, as galinhas são particularmente importantes no verão, quando as chuvas e os ventos fortes impossibilitam a pesca.

As primeiras galinhas foram domesticadas há cerca de 8 mil anos. Pesquisas genéticas mostraram que seus ancestrais são os galos-banquiva das selvas do Sudeste Asiático.

galo-banquiva (macho)

fêmea

AZEDO

▶ Na refrescante mistura de sabores da Indonésia, o tom azedo se deve em geral a duas plantas: ao **tamarindo** ❾, de origem africana, e ao **capim-limão** ❷.

▶ O tamarindo é uma árvore enorme, perene, que produz vagens resistentes, cheias de sementes duras, mas que são envolvidas por uma polpa marrom, a qual se adiciona a pratos ou bebidas doces.

▶ Do capim-limão se utiliza a parte verde, que, amassada e acrescida ao prato, lhe confere um sabor cítrico. Combina perfeitamente com molhos espessos e com peixe ou frango assados. Também funciona em infusões, que são semelhantes ao chá.

DOCE

▶ Para adoçar pratos salgados e sobremesas deliciosas, usam-se **açúcar de palma** e **leite de coco**, indispensável na cozinha indonésia.

▶ O açúcar é feito da seiva ❺ de várias espécies de palmeiras. Ela é cozida até formar uma pasta espessa, solidificada e vendida em rodelas.

▶ O leite se obtém da polpa branca que fica dentro do coco* ❹.

* Mais sobre cocos na p. 30.

PICANTE

▶ O sabor picante é obtido das raízes de **galanga** ❶ e do molho de **sambal** ❼ ⓰.

▶ A galanga (*Alpinia galgant*) é uma planta semelhante ao gengibre. Seus rizomas têm um sabor ardido e são usados para temperar sopas e molhos espessos. A variedade mais usada na Indonésia é a laos.

▶ O termo sambal é dado não apenas ao molho picante, mas também a muitos outros pratos e acompanhamentos. Sua base é a pimenta chili, o sal e algo ácido (p. ex., limão).

SALGADO

▸ Para realçar o sabor, usam-se o molho escuro **kecap manis** ⑭ e a **pasta terasi** ⑮, popular em todo o Sudeste Asiático.

▸ O kecap é uma variante indonésia do shoyu. Como seu primo chinês*, é feito de soja, mas graças ao açúcar de palma e à fermentação mais curta, o produto final é mais denso e adocicado.

* Leia sobre o molho de soja na p. 23.

▸ A terasi é uma pasta espessa seca, feita de camarões fermentados. Ao contrário dos molhos de soja e de peixe, nunca é consumida crua.

GADO-GADO
salada com molho de amendoim

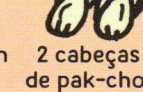

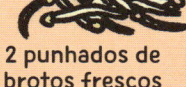

⏱ 45 min · 4×🍽

- 4 batatas
- 4 ovos
- 200 g de tempeh ou tofu
- 2 cabeças de pak-choi
- 2 punhados de espinafre fresco
- 1 pepino grande
- 2 punhados de vagem cozida
- 2 punhados de brotos frescos (qualquer tipo)
- salgadinhos (chips) de caranguejo

Você pode acrescentar outros legumes.

molho bumbu kacang

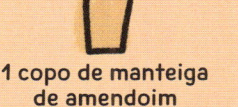

- 1 copo de manteiga de amendoim (250 ml)
- 2 dentes de alho
- 2 cm de galanga
- ½ pimenta chili
- 2 colheres (chá) de açúcar mascavo
- 3 colheres (sopa) de suco de limão
- ½ colher (chá) de sal
- 1 copo de água quente (250 ml) ou mais, se preferir um molho mais ralo

1. Cozinhe as batatas com casca. Já frias, descasque-as e corte-as em fatias.

2. Cozinhe os ovos e corte-os em quartos. Fatie o tempeh e doure na frigideira.

3. Escalde o pak-choi e pique-o junto com o espinafre. Fatie o pepino e coloque no prato com os demais ingredientes.

4. Bata no liquidificador todos os ingredientes do molho e despeje sobre a salada.

Siti sempre serve gado-gado para seus convidados.

AMARGO

▸ O toque amargo vem do **melão-de-são-caetano** ⑬, um primo indiano da abóbora. São colhidos antes de estarem totalmente maduros e são consumidos fritos, cozidos ou em sopa.

ESTADOS UNIDOS
CADA UM TRAZ O QUE MAIS GOSTA

▶ Os Estados Unidos são um território enorme, diverso, que inclui desde a calorosa Flórida até o congelante Alasca, e habitado por pessoas vindas do mundo todo. Apesar disso, costumamos associá-lo apenas com hambúrgueres e fast-food. Na verdade, sua culinária reflete sua diversidade geográfica e a história da América, frequentemente violenta e tumultuosa.

▶ Há 400 anos os colonizadores europeus começaram a chegar a um continente habitado por caçadores e coletores. Eles trouxeram consigo suas plantas prediletas, além de animais, técnicas culinárias e receitas.

▶ Os recém-chegados também se familiarizaram com os produtos locais, utilizados havia séculos pelos habitantes indígenas: o milho ❹, o feijão, a abóbora ❿, o peru ❼, os mariscos ❽ ⓱ e, no Sul, também as frutas tropicais ⓬.

▶ Desse choque de mundos tão diferentes surgiram novos pratos. Os ingleses contribuíram com o ensopado de peixe (chowder) e com os bolinhos de caranguejo. A culinária da Luisiana deu continuidade à tradição francesa. Os italianos trouxeram a pizza ⓭ e as massas; os holandeses, os waffles e um protótipo dos donuts ⓫; os judeus poloneses, os bagels ⓰; os alemães, os pretzels ⓮ e as salsichas, que deram origem aos cachorros-quentes ⓯.

▶ Os africanos, que por séculos foram arrancados de seus países e obrigados a trabalhar como escravos, também trouxeram suas iguarias: quiabos, amendoins, o lablabe (feijão-da-índia) e o arroz. As tradições africanas tornaram-se parte integrante do Novo Mundo.

▶ Com as sucessivas ondas de imigrantes, surgiram novos costumes e receitas. Alguns pratos mantiveram sua forma original, outros foram mudando ao ponto de se tornarem irreconhecíveis.

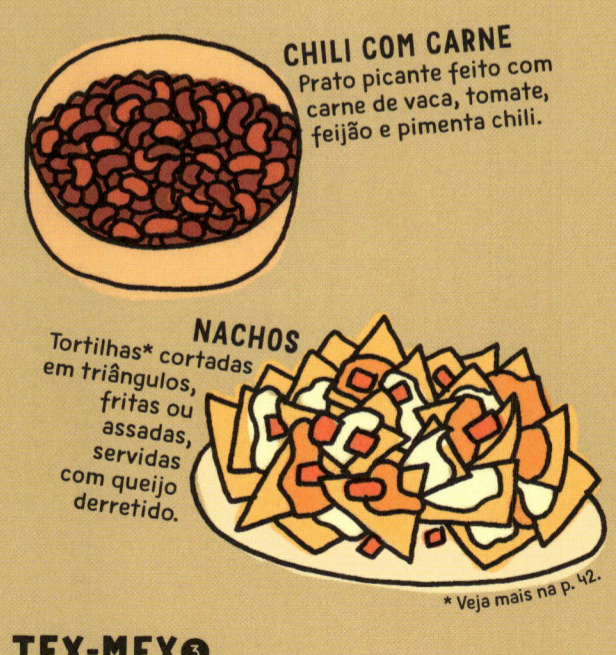

CHILI COM CARNE
Prato picante feito com carne de vaca, tomate, feijão e pimenta chili.

NACHOS
Tortilhas* cortadas em triângulos, fritas ou assadas, servidas com queijo derretido.

*Veja mais na p. 42.

TEX-MEX ❸
▶ O **estado do Texas** é a capital dos caubóis e o lugar favorito dos apreciadores de carnes. Um terço de seus habitantes é constituído de imigrantes do México e de outros países hispânicos ou de seus descendentes. Por isso, não é de admirar que tenha surgido ali a popular cozinha tex-mex: uma fusão de clássicos mexicanos (como as tortilhas) e iguarias norte-americanas (como o queijo derretido).

CHURRASCO ❺
A carne, pincelada com um molho especial, é defumada lentamente acima das brasas.

O churrasco é uma atividade tradicional do Dia da Independência (4 de julho), mas também de outros eventos, pequenos ou grandes, ao ar livre.

PIPOCA ❷
grãos de milho estourados*.
Os povos indígenas da América Central e do Sul já os comiam há mais de 5 mil anos.

Em 1938, as primeiras máquinas de fazer pipoca chegaram aos cinemas. Desde então, a pipoca com manteiga se tornou o acompanhamento obrigatório de um bom filme.

* Quando os grãos se aquecem, a água dentro deles se transforma em vapor e rompe a casca, então o grão incha e se abre.

HAMBÚRGUER ⏱ 30 min; 4× 🍔

- 1 tomate
- 1 cebola roxa pequena
- 2 pepinos em conserva
- alface americana
- 600 g de carne moída (deve ter um pouco de gordura)
- 4 colheres (sopa) de óleo
- sal e pimenta
- 4 pães de hambúrguer
- 2 colheres (sopa) de manteiga
- mostarda, ketchup e maionese

1 Corte o tomate, a cebola e os pepinos em fatias finas, e a alface americana, em tiras grossas.

2 Molde a carne em 4 círculos achatados, mas não pressione muito.

3 Aqueça bem a frigideira e coloque um pouco de óleo. Polvilhe os hambúrgueres com sal e pimenta e frite-os por 4-5 min de cada lado, até ficarem dourados.

4 Corte os pães e passe manteiga. Aqueça uma frigideira e doure-os com a parte com manteiga para baixo.

5 Coloque a alface no pão douradinho, depois a carne, algumas rodelas de cebola, uma fatia de tomate e de pepino. Adicione a mostarda, o ketchup, a maionese e cubra com a outra parte do pão.

Makayla faz uma covinha no centro dos hambúrgueres. Assim eles não encolhem durante a fritura.

RÁPIDO E BARATO

A White Castle foi a primeira rede de lanchonetes norte-americana onde não era necessário esperar muito pelo pedido: hambúrgueres, batatas fritas e bebidas eram servidos na hora. Ela foi criada há 100 anos e deu início à revolução do fast-food.

Nessa mesma época surgiram as primeiras lanchonetes **drive-in**: a comida era entregue aos clientes que esperavam dentro dos carros. Para dar mais agilidade ao serviço, os entregadores se deslocavam com patins. Depois apareceram os **drive-thru** ❶, com microfones e janelinhas para fazer os pedidos sem sair do carro.

Os atuais estabelecimentos de **fast-food** são cadeias que vendem alimentos baratos, processados e que têm sempre o mesmo gosto. É uma pena que hoje em dia ninguém mais os traga de patins.

CHOP SUEY 杂碎

A lenda diz que o chop suey foi criado há mais de 150 anos por um cozinheiro chinês que vivia nos EUA. Ele precisava cozinhar algo para seus clientes famintos, embora não tivesse mais quase nenhum ingrediente. Quando lhe perguntaram o nome do prato, ele teria respondido tsap seui, que em chinês significa "restos variados".

Na verdade, o chop suey é uma versão norte-americana de um prato chinês da região de Cantão.

Consiste de vegetais e carne cortados em pedaços pequenos e fritos rapidamente.

EXÓTICO, MAS NÃO MUITO

Os primeiros imigrantes chineses chegaram aos EUA há quase 200 anos, trazendo consigo pratos que não agradaram aos americanos por lhes parecerem estranhos demais. Então os recém-chegados chineses começaram a reformular suas receitas e a vender os novos pratos como iguarias tradicionais de seu país.

BISCOITOS DA SORTE

Biscoitos crocantes que trazem em seu interior uma tira de papel com uma mensagem.

São populares desde o início do século XX. Surgiram em Kyoto, no Japão, e foram levados para os EUA pelos japoneses.

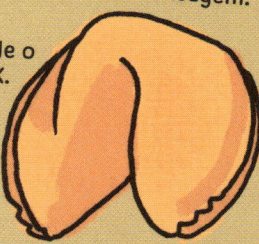

No entanto, durante a Segunda Guerra Mundial, quando o Japão e os EUA eram inimigos, os norte-americanos de ascendência japonesa foram presos, e a produção dos biscoitos da sorte ficou a cargo dos imigrantes chineses e seus descendentes. É por isso que hoje são encontrados principalmente em restaurantes chineses.

Nos anos 1990, tentaram introduzir os biscoitos da sorte na China, mas eles foram rejeitados por serem "americanos demais".

OS QUERIDINHOS DA AMÉRICA

PERU RECHEADO

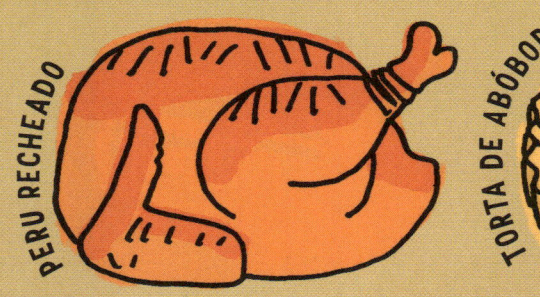

TORTA DE ABÓBORA 
Os dois pratos mais populares do **Dia de Ação de Graças**, também conhecido como "dia do peru". Perus e abóboras são originários da América e eram consumidos tanto pelos povos nativos quanto pelos colonizadores europeus.

CHOWDER 
Uma sopa de frutos do mar e leite, com frequência engrossada com bolachas de água e sal trituradas. Chegou aos EUA há mais de 250 anos com os **colonos ingleses**.

BAGEL
Pãezinhos em formato de roscas, às vezes polvilhados com gergelim, sal grosso ou sementes de papoula.

Os bagels já eram assados por judeus poloneses há 400 anos. Nos EUA, costumam ser consumidos com algum recheio, como sanduíches, geralmente no café da manhã.

DONUT
Um bolinho em formato de rosca, com vários tipos de recheio e cobertura, em geral polvilhados com confeitos. Seu nome deriva de "dough nut", que em inglês significa "bolinho redondo de massa".

Seus ancestrais, os olykoeks* (bolinhos fritos), foram trazidos pelos holandeses.

* Em holandês: bolinhos oleosos.

BISQUE DE LAGOSTIM 
Uma sopa francesa com pedaços carnudos de lagostim (ou camarão, caranguejo etc.) e ervas em um caldo de vegetais (geralmente tomate e cenoura), engrossado com arroz, tubérculos ou farinha.

O **lagostim** é um ingrediente muito popular na **culinária cajun**, ou seja, aquela desenvolvida por imigrantes franceses principalmente na Luisiana, estado famoso por esses crustáceos.

CACHORRO-QUENTE
Salsicha frankfurt* em um pão comprido cortado ao meio, servido com ketchup, mostarda ou pepino em conserva.

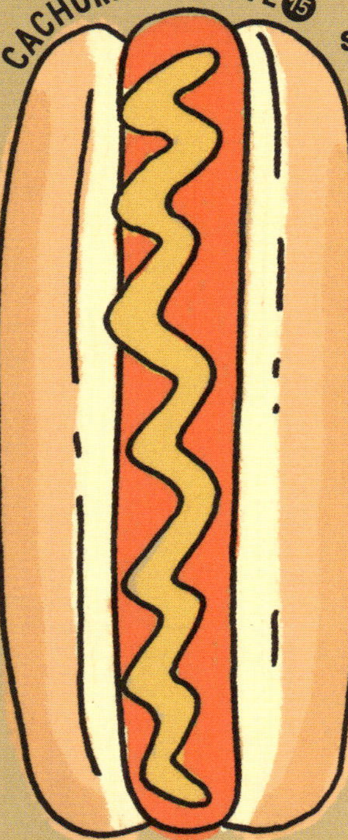

* Mais na p. 62.

Essas salsichas defumadas, recheadas com uma massa homogênea de carne, foram levadas para os EUA pelos **alemães**.
São consumidas em cachorros-quentes em várias cidades norte-americanas há mais de um século, mas se tornaram um verdadeiro sucesso graças a **Nathan Handwerker**.

Foi ele que, em 1916, abriu em Coney Island uma banquinha de cachorros-quentes que mais tarde deu origem a uma enorme cadeia de restaurantes e aos mundialmente famosos concursos de comer cachorro-quente.

GUMBO
Um guisado picante, popular na Luisiana. Pode ser feito de vários ingredientes: caranguejo, ostras, frango, salsicha ou apenas vegetais.
O gumbo é engrossado com roux (manteiga e farinha de trigo) e pó de filé*. Geralmente se acrescenta **quiabo**.

É um perfeito exemplo de mistura de culturas. Incorpora elementos das culinárias choktaw (nativos norte-americanos), cajun (descendentes dos colonos franceses), alemã e crioula (que combina elementos franceses, espanhóis, africanos e caribenhos).

corte transversal

* Pó de filé ("Gumbo filé", em inglês) é um tempero feito das folhas secas de sassafrás.

TORTA DE MANTEIGA DE AMENDOIM

forno: 30 min
preparo: 60 min: 8×

massa

- 1 ¾ copos de farinha de trigo (250 g)
- 1 colher (chá) de açúcar
- 1 boa pitada de sal
- 80 g de manteiga gelada
- 60 g de margarina gelada
- 7-8 colheres (sopa) de água gelada

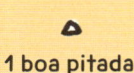

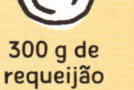

creme

- 300 g de requeijão cremoso
- 1 copo de manteiga de amendoim (250 ml)
- ¾ de copo de açúcar (90 g)
- 50 g de manteiga derretida
- 1 colher (chá) de essência de baunilha (opcional)
- 1 ½ copo de creme de leite (375 ml) (36% de gordura)
- 2 colheres (sopa) de açúcar
- amendoins picados para decorar

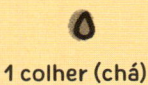

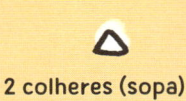

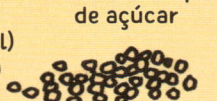

1 Em uma tigela grande, junte a farinha, o açúcar, o sal e a manteiga e a margarina cortadas em cubos. Misture tudo amassando bem com as mãos. Adicione a água gelada aos poucos e continue misturando, até formar uma bola com a massa. Alise a bola e embrulhe-a em filme plástico. Deixe por 30 min na geladeira.

2 Preaqueça o forno a 200ºC. Estique a massa e use-a para forrar uma fôrma média, de +/- 25 cm de diâmetro. Asse por 20-30 min, até dourar. Reserve enquanto esfria.

3 Em uma tigela grande, bata o requeijão até ficar esponjoso. Acrescente a manteiga de amendoim, o açúcar, a manteiga derretida e a essência de baunilha (opcional). Bata tudo até virar uma massa homogênea.

4 Em outra tigela, bata o creme de leite, adicionando o açúcar no final.

5 Junte metade do creme de leite batido à massa de requeijão com manteiga de amendoim, mexa suavemente e espalhe sobre a base de massa assada.

6 Espalhe por cima o restante do creme de leite e polvilhe os amendoins picados. Sirva preferencialmete gelado.

Michael adora amendoins de qualquer jeito.

O GÊNIO DO AMENDOIM

Os **amendoins** são cultivados na América do Sul há 4.000 anos. Com os exploradores espanhóis que voltavam para casa, chegaram à Europa, de onde — graças aos navegadores portugueses — foram levados para a África Oriental. Décadas depois, os amendoins africanos vieram com os escravos para os EUA. Inicialmente, eram cultivados para alimentação animal. Embora os astecas* já conhecessem seu delicioso sabor, os colonos europeus tiveram de ser convencidos dele.

Foi graças aos esforços de **George Washington Carver** que o amendoim ganhou a popularidade merecida. Carver, que era botânico e um bem-sucedido inventor, convenceu os agricultores a alternarem a plantação do valioso algodão com a de batata-doce, feijão ou amendoim. Desse modo, o solo permanecia fértil e garantia colheitas mais produtivas. Para encorajar os agricultores, Carver elaborou cerca de 105 receitas de pratos e produtos que levavam amendoim.

* Mais sobre os astecas na p. 40.

George Washington Carver

MÉXICO
MILHO, PIMENTA E CAVEIRAS

pirâmides em Calakmul · *CIVILIZAÇÃO MAIA* · *pirâmide de Kukulkán*

PRIMEIROS ASSENTAMENTOS

- Há 9 mil anos, os habitantes do antigo México ❶ comiam principalmente plantas silvestres: milho ❹, feijão, abóbora, tomate, mandioca ❻, pimentas ❷ e abacate ❸. Também caçavam e pescavam, e comiam tartarugas e insetos.
- Cerca de 4 mil anos atrás, na Península de Yucatán, estabeleceu-se a civilização maia ❺, famosa por suas enormes construções e por desenvolver escrita e calendário próprios, além de conhecimentos astronômicos. Os maias eram agricultores e criavam perus, patos, pombos e cães.
- Muito mais tarde, no sul do México, os astecas ⓮ fundaram seu império, cuja capital era Tenochtitlán ⓯. As grandes hortas lhes garantiam abundância de comida, mas o cardápio não tinha nenhum ingrediente novo.
- Isso mudou com a chegada do espanhol Hernán Cortés, que conquistou a capital asteca em 1521 e mais tarde todo o império asteca. Com suas tropas, os invasores trouxeram a varíola, que se espalhou numa epidemia mortal.
- Foi uma catástrofe, mas também o início de grandes mudanças: os conquistadores trouxeram trigo, arroz, bovinos e suínos ⓰. Esta é a base da culinária mexicana contemporânea: milho, feijão, pimenta, carnes e queijo.

O MELHOR DO MILHO

- Uma das invenções dos maias foi a **nixtamalização** ⓫, um método usado até hoje para processar o milho. Graças a ele, os grãos se tornam mais nutritivos e saudáveis. Com a farinha de milho ❽ ⓴ são feitas, entre outras coisas, as deliciosas tortilhas.

1. *debulham-se os grãos*
2. *os grãos ficam de molho e depois são cozidos* — *água com cal*
3. *então moem-se os grãos (para farinha ou massa)*

Originalmente, o milho produzia uma espiga de apenas 25 mm de comprimento ❹.

Selecionando os grãos das espigas mais robustas, os maias foram conseguindo variedades mais produtivas ❼.

Hoje, no mundo inteiro, são produzidas mais de 1 bilhão de toneladas de milho todos os anos. Apenas uma pequena parte é de milho verde; as outras variedades servem de ração animal e para preparar óleo, xarope e muitas outras coisas.

TACOS
⏱ 45 min · 8× 🌮

receita rápida da dona Alejandra

- 500 g de carne bovina
- 1 cebola pequena
- suco de ½ limão
- 4 colheres (sopa) de azeite de oliva
- 7-8 tortilhas (você também pode fazer as tortilhas com a receita da página seguinte)
- sal

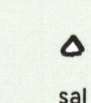

acompanhamento
veja ao lado a receita de molho de tomate e, nas páginas seguintes, a de guacamole

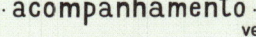

- algumas folhas de alface
- 1 cebola
- 2-3 punhados de coentro picado
- 2 limões
- salsa (molho) de tomate
- guacamole

1 Corte a carne em pedaços pequenos e, num recipiente, misture com a cebola picada e com o suco de meio limão. Deixe na geladeira por ao menos 20 min.

2 Para o acompanhamento, lave a alface e corte em tiras finas. Pique a cebola em cubos bem pequenos. Corte os limões em quatro.

3 Aqueça o azeite em uma frigideira. Salgue a carne e frite em fogo médio por cerca de 10 min, até todo o líquido evaporar. Tire do fogo.

IMPÉRIO ASTECA • Tenochtitlán • Montezuma II • Hernán Cortés • CONQUISTA ESPANHOLA

COMO QUEIMA!

▸ Registram-se mais de 200 variedades de pimentas ❷, cujos nomes variam de lugar para lugar. Todas elas, porém, devem seu sabor picante à **capsaicina**, que estimula os nervos responsáveis pela sensação de dor. Daí vem a queimação na boca quando comemos pimentas picantes.

▸ Para aliviar a queimação, não adianta beber água, pois a capsaicina não se dissolve com ela. O melhor remédio é leite ou sorvete.

Os pássaros não sentem a capsaicina. Por isso comem pimentas e espalham as sementes.

PIMENTA-JALAPENHO 3.500–8.000 SHU*

PIMENTA-SERRANO 10.000–23.000 SHU

HABANERO 100.000–350.000 SHU

CAROLINA REAPER (cultivada nos EUA) até 2.200.000 SHU

Já os elefantes detestam pimenta chili, mas adoram outros vegetais. Para impedi-los de devorar suas plantações, os agricultores da África e da Ásia costumam plantar pimenta chili ao redor dos campos.

* SHU (Scoville Hotness Unit): unidades de ardência de Scoville (nome de seu inventor, o químico Wilbur Scoville) para medir a quantidade de capsaicina das pimentas: quanto maior o número, mais picante a pimenta.

MATURAÇÃO ACELERADA

▸ Um **abacate** ❸ maduro e no ponto é uma verdadeira iguaria. Quer dizer que aqueles colhidos verdes vão direto para o lixo? Claro que não!

▸ Todas as frutas[1] produzem etileno, que acelera a maturação. Por isso, um abacate colhido verde amolece após alguns dias.

▸ Quando não queremos esperar tanto para preparar o guacamole, basta colocar o abacate duro em um saco com uma maçã ou uma banana madura.

Hass (**avocado**), a variedade mais popular mundo afora[2].

[1] Algumas frutas (como os morangos) não liberam etileno depois de colhidas. Por isso, devem ser colhidas já maduras.
[2] No Brasil, predomina a variedade Strong.

4 Ponha uma porção de carne na tortilha, acrescente alface, cebola, coentro e o molho escolhido. Pingue suco de limão e dobre a tortilha ao meio.

SALSA DE TOMATE
⏱ 10 min; 1× 🥣 (em espanhol, "salsa" significa molho)

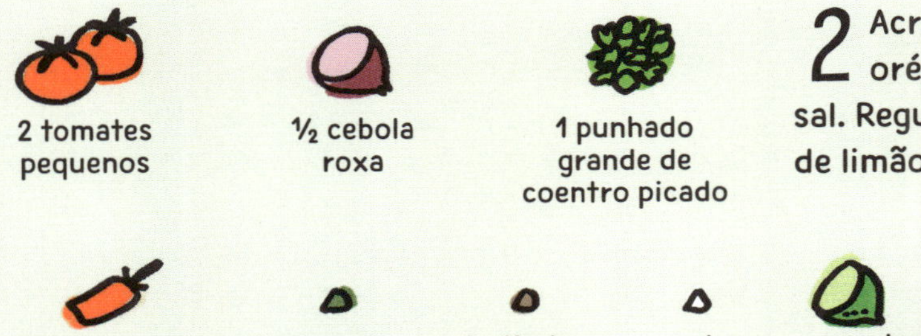

- 2 tomates pequenos
- ½ cebola roxa
- 1 punhado grande de coentro picado
- pimenta chili (a gosto, mas o molho deve ser picante)
- ¼ de colher (chá) de orégano
- 2 pitadas de cominho moído
- sal
- suco de ½ limão

1 Corte os tomates e a cebola em cubos bem pequenos e coloque-os numa tigela.

2 Acrescente o coentro, a pimenta, o orégano, o cominho e o sal. Regue tudo com o suco de limão e misture.

A receita de guacamole está na próxima página.

OURO AMARGO

▶ Os maias ❿ apreciavam muito o cacau. E o imperador dos astecas, Montezuma, bebia várias vezes ao dia uma bebida amarga de cacau temperada com pimenta picante e baunilha ❾. Os grãos secos ⓬ eram trazidos de longe, de lugares com clima propício ao cultivo. De tão valorizados, eram usados como dinheiro.

A FEBRE DO CHOCOLATE

▶ As primeiras barras de chocolate apareceram há mais de 150 anos, quando surgiu uma máquina que tirava o excesso de gordura do cacau.

▶ Como resultado, barateou-se a produção, e em poucas décadas o mundo inteiro se familiarizou com a iguaria antes reservada exclusivamente aos ricos.

1. colheita dos frutos de cacau
2. extração das sementes
3. fermentação
4. secagem
5. torração
6. trituração
7. descascação (ao peneirar, o vento leva as cascas)
8. moagem
9. prensagem da pasta de cacau

secagem da pasta prensada, que, triturada, vira cacau em pó

manteiga de cacau

pasta de cacau + cacau em pó + açúcar → chocolate amargo

pasta de cacau + açúcar + leite → chocolate ao leite

manteiga de cacau + leite + açúcar → chocolate branco

GUACAMOLE

⏱ 10 min; 1×🥣

- 3 abacates Hass ou 1 abacate Strong médio (maduros)
- suco de ½ limão (opcional)
- ½ cebola pequena
- ½ pimenta chili (opcional)
- 2 colheres (chá) de coentro picado
- 3 colheres (sopa) de azeite de oliva
- sal e pimenta

1. Corte o(s) abacate(s) ao meio, retire o caroço e, com uma colher, tire a massa da casca. Bata no liquidificador ou amasse com um garfo. Regue tudo com o suco de limão (opcional).

2. Adicione a cebola e a pimenta chili picadas finas, o coentro, o azeite e os temperos. Misture bem e sirva imediatamente.

Para evitar que o guacamole escureça, coloque-o em um vidro com tampa, regue com suco de limão, cubra bem com filme plástico e tampe, de modo que não entre ar.

TORTILLA | DE MILHO OU DE TRIGO

⏱ 45 min; 8×🫓

Para fazer as tortilhas de milho é necessário farinha de milho nixtamalizada ⓫, ou seja, feita de milho cozido com água e cal. As tortilhas feitas com farinha de milho comum se despedaçam facilmente.

As tortilhas de farinha de trigo são mais comuns no Norte do México. O trigo era desconhecido na América até a chegada dos espanhóis.

31 DE OUTUBRO E
1º E 2 DE NOVEMBRO

DE MÃO EM MÃO

▶ No México a **comida de rua** é abundante. Inúmeros carrinhos, bancas e quiosques servem comida rápida, barata e variada.

TORTA ㉓ 
Sanduíche de pão de trigo com carne, abacate, tomate e outros ingredientes

TACO ㉑
Tortilha dobrada ao meio e recheada
Receita na p. 40

ENCHILADA ㉒ 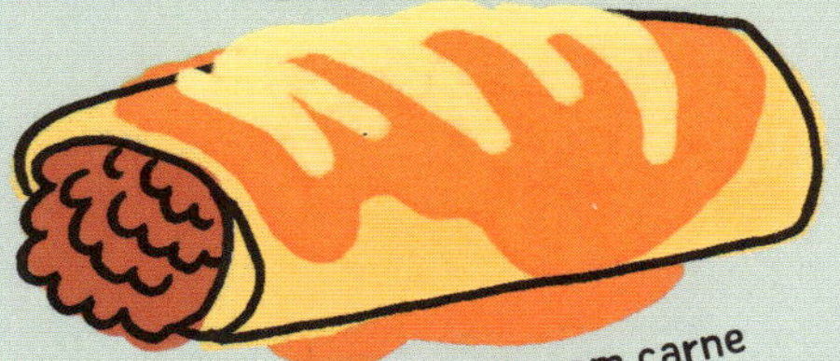
Tortilha recheada com carne e legumes e enrolada

ATOLE ⑲
Bebida quente à base de farinha de milho ⑧ ⑳, água e açúcar

TAMALE ⑰ 
as folhas não se comem.
Massa de milho cozida no vapor com complementos variados, envolta na palha do milho ou em folhas de bananeira.
Os tamales já eram consumidos por maias e astecas ⑬ e são até hoje o lanche favorito dos mexicanos.

QUESADILLA ⑱ 
Tortilha, geralmente frita, recheada com queijo derretido e outros ingredientes

CAVEIRAS FESTIVAS

▶ **Día de Muertos** (Dia dos Mortos) é um feriado de três dias em que as famílias se reúnem para recordar seus entes queridos falecidos.
▶ Visitam os cemitérios ㉔ ou se reúnem em casa e preparam **ofrendas** ㉗ (ou seja, oferendas) e altares com fotos dos mortos, seus pertences pessoais e seus pratos favoritos. As oferendas mais comuns são atoles, tamales e um pão doce chamado pão do morto ㉕. Tudo é decorado com caveiras de açúcar ㉖, flores de calêndula ㉘ e figuras de esqueletos alegres. Algumas pessoas pintam o rosto e se fantasiam ㉙.
▶ Tudo isso para que os mortos saibam que os vivos não se esqueceram deles.

Acredita-se que os espíritos dos mortos sugam todas as calorias das iguarias do altar, então, ao comê-las mais tarde, ninguém engorda.

---

para a versão de milho

2 ¼ copos de farinha de milho nixtamalizada (250 g)

1 ½ colher (chá) de sal

1 ⅓ copo de água (330 ml)

para a versão de trigo

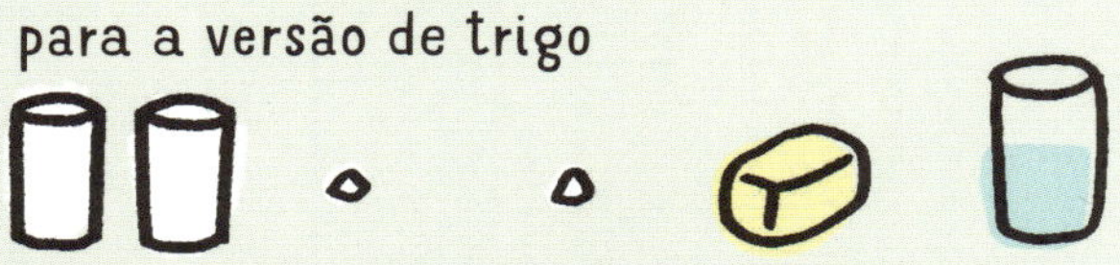

2 copos de farinha de trigo (280 g)

½ colher (chá) de fermento em pó

½ colher (chá) de sal

65 g de margarina

½ copo de água morna (125 ml)

1 Despeje a farinha e o sal em uma tigela grande (e, para a versão de trigo, acrescente também o fermento em pó). Misture bem.

2 Para a versão de milho, pule para o próximo passo. Para a de trigo, adicione a margarina em cubos e amasse com os dedos até ela se misturar com a farinha, formando grumos.

3 Adicione a água aos poucos e vá mexendo a massa com um garfo. Sove por alguns minutos e, se estiver muito seca, ponha um pouco mais de água morna.

4 Divida a massa em 8 partes. Estenda cada uma entre dois pedaços de filme plástico ou um saco plástico e amasse até formar "panquecas" de cerca de 20 cm de diâmetro e 2 mm de espessura.

5 Aqueça bem a frigideira e, em fogo médio, sem gordura, frite as tortilhas por 3-4 min de cada lado, até aparecer manchas marrons.

PERU
PSEUDOCEREAIS E TUBÉRCULOS VARIADOS

MACHU PICCHU

- O ser humano surgiu no atual Peru há mais de 14 mil anos. Os vales andinos e as costas do Pacífico foram colonizadas ao longo de milênios. Ali foi descoberta a cidade mais antiga da América. Nos vastos planaltos, os representantes da civilização nasca criaram gigantescos desenhos de animais e plantas.
- Há 800 anos surgiu o Império Inca ❷, uma das maiores potências de seu tempo, mas que 300 anos mais tarde sucumbiu aos invasores espanhóis ⓮. Além de estarem mais bem armados, os europeus traziam consigo doenças que dizimaram os incas. Os colonizadores destruíram a cultura local e quase todos os seus monumentos ❹. Contudo, algumas tradições, entre elas as culinárias, sobreviveram.
- A culinária peruana moderna é uma combinação de influências locais e espanholas, com uma importante contribuição das tradições africanas trazidas por escravos e de outros imigrantes do mundo todo, especialmente da China e do Japão. Além disso, cada região do país (as planícies quentes, as montanhas geladas e as florestas tropicais) tem seus ingredientes e pratos característicos.

PAPAS RELLENAS
croquete de batata
⏱ 1 h: 14×

- 1 ½ kg de batatas
- 1 colher (sopa) de uvas-passas
- 1 cebola pequena
- 2 dentes de alho
- 2 ovos
- óleo
- 1 colher (chá) de extrato de tomate
- ½ colher (chá) de páprica doce
- ¼ de colher (chá) de cominho moído
- ¼ de colher (chá) de pimenta chili
- 150 g de carne moída
- um punhado de azeitonas pretas
- sal e pimenta
- farinha de trigo

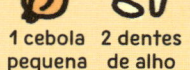

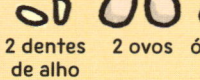

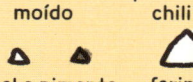

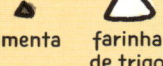

1 Descasque as batatas, corte-as em rodelas e ferva em água com sal até ficarem macias. Escorra e amasse com um amassador ou com um garfo até que não haja pelotas. Deixe esfriar.

2 Deixe as uvas-passas de molho em água quente por 10 min e depois escorra a água. Pique a cebola e o alho em pedaços minúsculos. Cozinhe um ovo até ficar bem firme.

3 Aqueça o óleo em uma frigideira e refogue a cebola até ficar macia. Adicione o alho e frite por 1 min. Acrescente o extrato de tomate, as passas hidratadas e os temperos. Frite por 3 min.

PREÁ, LHAMA OU ALPACA

- Antes da conquista da América do Sul, os europeus não conheciam lhamas ❸, alpacas ❺ ou preás ❻. Mas os ancestrais dos peruanos já os criavam havia milhares de anos. As alpacas proporcionavam excelente lã e, assim como as lhamas, serviam de transporte e para levar cargas. Os preás, por sua vez, eram comidos. Hoje em dia, na região dos Andes, ainda se comem preás assados ⓱ e carne seca de lhama. Com a lã da alpaca se produzem, por exemplo, blusas e casacos.

LHAMA — É valente e muito forte. Pode até matar um coiote para se defender. Orelhas longas e arredondadas. Pode pesar até 250 kg.

PORQUINHO-DA-ÍNDIA OU PREÁ

ALPACA — É mansa, mas também pode dar coices. Orelhas curtas e pontudas. Pode pesar até 85 kg.

Renan consegue comer 20 croquetes de uma só vez.

4 Adicione a carne e frite por mais 10 min em fogo médio, mexendo de vez em quando, até evaporar todo o líquido. Retire a panela do fogo.

5 Pique grosseiramente as azeitonas e o ovo cozido e misture bem com a carne, temperando tudo com sal e pimenta a gosto. Deixe esfriar.

6 Ponha uma colher da massa de batata na mão e achate. Coloque uma colher (chá) do recheio no meio e cubra com outra porção de massa achatada. Enrole como um croquete. Passe-o no ovo e depois na farinha.

7 Frite os croquetes em óleo quente abundante (3 cm da altura da panela), virando-os até ficarem dourados. Use toalhas de papel para absorver o excesso de óleo.

8 As papas rellenas podem ser comidas frias ou quentes com salsa criolla.

SALSA CRIOLLA
salada de cebola: 15 min; 6×

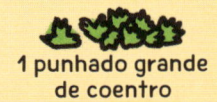

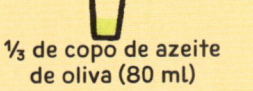

- 2 cebolas roxas
- 2 limões
- 1 pimenta chili
- 1 punhado grande de coentro
- ⅓ de copo de azeite de oliva (80 ml)
- sal

1 Corte as cebolas em fatias estreitas e deixe em água fria por 15 min. Escorra.

2 Esprema os limões e misture o suco com a pimenta chili e o coentro bem picadinhos. Misture com as cebolas.

SUCULENTAS E VARIADAS
▶ O Peru é um paraíso para os frugívoros*. A variedade de vegetais é tamanha que é possível provar algo novo todos os dias.

* Os frugívoros só comem frutas e legumes crus, castanhas e cereais.

LÚCUMA 24 — Sua polpa doce lembra abóbora cozida.

CAMU-CAMU 20 — Fruta muito azeda que contém uma quantidade extraordinária de vitamina C.

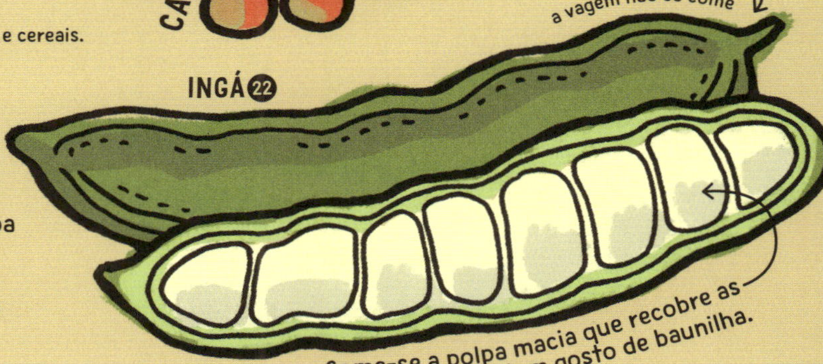

INGÁ 22 — a vagem não se come. Come-se a polpa macia que recobre as sementes e tem gosto de baunilha.

PHYSALIS PERUANA 49 — cálice não comestível. Azeda e ideal para decorar sobremesas.

OPUNTIA 23 — Uma fruta refrescante da família dos cactos.

CHIRIMOIA 18 — A fruta fresca e madura é doce e cremosa. Seu sabor lembra uma mistura de banana, pera e abacaxi.

MARACUJÁ 24 — As sementes mergulhadas na polpa líquida aromática podem ser comidas com uma colher.

PEIXE CRU
▶ **Ceviche 12** é peixe cru marinado em suco de limão com sal e cebola, servido em temperatura ambiente. É um prato popular na costa, onde é fácil conseguir peixe fresco e ótimos limões.

▶ O ceviche é servido como entrada ou acompanhado de milho cozido, batata-doce etc. Há centenas de versões e todas elas são ótimas. Afinal, trata-se do prato nacional do Peru.

Graças ao limão, a carne do peixe fica cozida mesmo sem ir ao fogo.

"O mais importante são o peixe e o limão."

ALFAJORES
biscoitos com "manjar blanco"
preparo: 1 h
forno: 15 min; 15×

- 200 g de manteiga em temperatura ambiente
- ⅓ de copo de açúcar (50 g) e mais um pouco para polvilhar
- 1 ovo
- 1 ¾ copo de farinha de trigo (260 g)
- sal
- ¾ de lata de leite condensado (380 g)

"Manjar blanco" é um doce de leite cremoso usado como ingrediente, recheio ou cobertura de sobremesas.

O doce de leite também pode ser feito em casa. Em uma panela, misture 600 ml de creme de leite com 30% de gordura com 150 g de açúcar. Aqueça em fogo baixo por 2 h, mexendo até a massa ficar espessa e caramelada.

1 Em uma tigela, misture a manteiga com o açúcar por 3 min, até a massa ficar esponjosa.

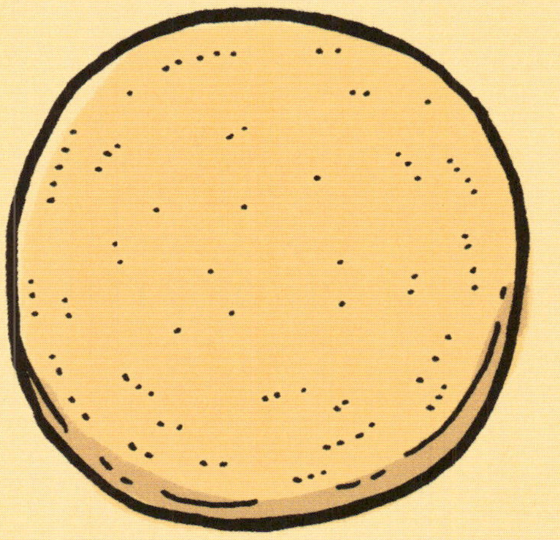

A OPULÊNCIA DAS BATATAS

▶ Somente nos Andes, há mais de 3 mil variedades de batatas. A maioria delas é originária de uma única espécie silvestre, que produzia bulbos pequenos e de sabor desagradável.

▶ Na América do Sul, as batatas são consumidas há mais de 7 mil anos, mas na Europa elas só se popularizaram há 250 anos.

MAS NEM SÓ BATATA

▶ A batata é, sem dúvidas, a rainha dos tubérculos, mas não podemos esquecer os outros tubérculos.

OCA

TOPINAMBUR
Pode ser consumida crua. Desidratada, fica mais doce; cozida, se assemelha à batata.

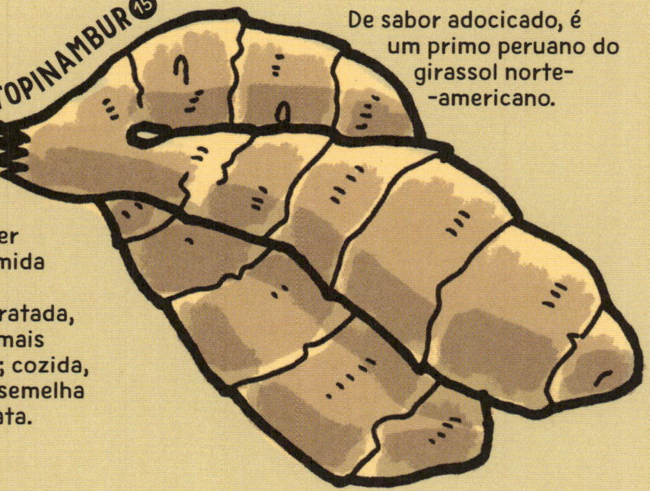

De sabor adocicado, é um primo peruano do girassol norte-americano.

OLLUCO
Pequenos tubérculos que são cozidos com casca.

LIMA, CAPITAL DO PERU

2. Adicione o ovo, uma pitada de sal e a farinha. Amasse tudo, forme uma bola, embrulhe com filme plástico e leve à geladeira por 30 min.

3. Preaqueça o forno a 180°C. Abra a massa resfriada até ficar com espessura de 4 mm e corte em discos com um copo de cerca de 6 cm de diâmetro.

4. Disponha as rodelas em uma assadeira forrada com papel-manteiga e fure-as com um garfo. Asse por 15 min, até dourar.

5. Espalhe doce de leite em metade dos discos já frios e cubra-os com o restante das bolachas. Polvilhe açúcar antes de servir.

Rodrigo e Alessandra sempre assam alfajores no aniversário da mãe.

BATATAS PARA SEMPRE

▸ Por séculos, os habitantes dos altos Andes espalhavam as batatas no chão, onde congelavam à noite e secavam ao sol durante o dia. Eram, então, pisadas para ficar completamente desidratadas ❶. Assim preparadas, eram chamadas de **chuño** ⓭ e podiam ser conservadas (e consumidas) ao longo de muitos anos.

▸ O chuño, nutritivo e fácil de ser transportado, era o principal alimento dos soldados. Talvez por isso os exércitos incas tenham obtido conquistas tão impressionantes.

Chuño de novo?

Claro! É uma delícia!

GRÃOS DE OUTRO MUNDO

▸ Cereais são gramíneas cujas sementes contêm muito amido, que é um tipo de açúcar vegetal. Há plantas que não são gramíneas, mas produzem frutos semelhantes: os **pseudocereais**, que eram uma parte importante da dieta local.

AMARANTO DOS ANDES ❼

Também conhecido como "trigo dos incas".

QUINOA ❽

Depois da colonização, o amaranto e a quinoa foram esquecidos. Porém, há pouco tempo tiveram um retorno triunfal, quando seu valor nutritivo foi descoberto. Até a Nasa passou a usá-los nas refeições dos astronautas.

MILHO PRA VALER

▸ Os incas, assim como os maias e os astecas*, adoravam milho. Consumiam milho cozido, assado e ensopado, além de usá-lo para fazer a **chicha morada**.

▸ Essa bebida, popular até hoje, pode ser consumida em qualquer banca de rua ou em casa. É só cozinhar **milho-roxo**, encontrado apenas no Peru, junto com abacaxi, marmelo, açúcar, cravo, canela e limão.

* Ver a p. 40.

BRASIL
SELVAS, CASTANHAS PECULIARES E OLHOS ARREGALADOS

A CAPITAL, BRASÍLIA

▶ O território brasileiro é habitado há milhares de anos por centenas de povos indígenas que usufruem das florestas tropicais, caçando, pescando, colhendo frutas e castanhas, além de cultivarem mandioca e feijão ⑤. Há 500 anos, chegaram ao Brasil os primeiros europeus. Liderados por Pedro Álvares Cabral, declararam o território propriedade de Portugal.

▶ Os invasores exploraram impiedosamente a nova colônia. Primeiro, escravizaram os indígenas. Mais tarde, trouxeram à força milhões de africanos. Escravos e colonizadores vinham com seus próprios costumes culinários. Assim a dieta local passou a mesclar ingredientes tradicionais de indígenas com outros vindos da África e da Europa, entre eles vegetais, peixes e frutos do mar, arroz, azeite de oliva, alho, azeite de dendê*, coco e carne bovina e suína.

▶ Depois da Independência do Brasil, em 1822, muitos imigrantes vieram para cá. Atualmente, além do excelente café ①, do churrasco ③ e de muitas frutas saborosas, é possível encontrar no Brasil comidas do mundo inteiro.

*Mais sobre o azeite de dendê na p. 100.

fruto de até 10 cm de diâmetro e casca lenhosa

tampa

corte transversal

castanha-de-caju

Quando o fruto amadurece, a tampa se solta e as castanhas caem no chão.

CUIDADO COM IRRITAÇÕES!

▶ Podemos dizer que as **castanhas-de-caju** são pau para toda obra. Seu sabor é suave e levemente adocicado. Servem como aperitivo e na feitura de molhos, sobremesas e mesmo queijos e manteiga vegetais.

▶ Embora as castanhas-de-caju possam ser compradas no mundo todo, pouca gente fora do Brasil já viu um caju. Cada castanha cresce na ponta desse fruto do cajueiro ⑩, que é bem carnudo e adstringente.

▶ Sob a casca da castanha há uma substância que causa irritação. É por isso que as castanhas-de-caju são sempre vendidas descascadas.

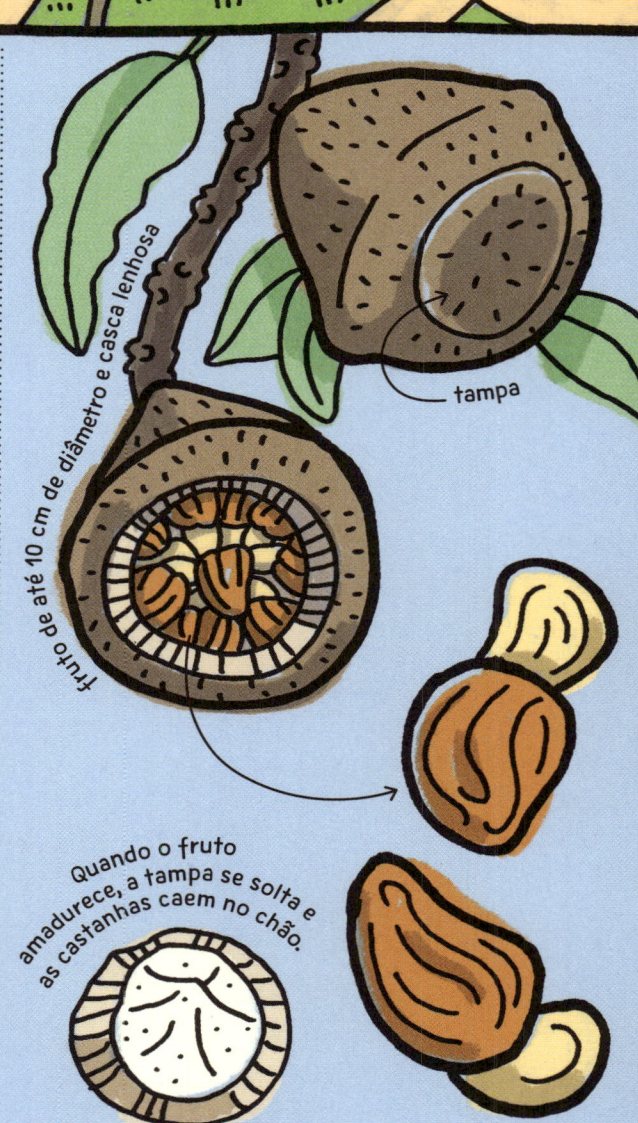

TESOUROS NA CUMBUCA

▶ As sapucaias dão frutos popularmente conhecidos como **cumbuca-de-macaco** ⑮, em cujo interior ficam as **castanhas de sapucaia**. Infelizmente, só podem ser encontradas na América do Sul, pois estragam rápido demais para serem transportadas. Além disso, ninguém as cultiva; crescem apenas nas densas florestas tropicais e são adoradas não só pelos humanos. Você consegue adivinhar a origem do seu nome popular?

CANHÕES DA NATUREZA

▶ A segunda castanha "blindada" da floresta Amazônica é a **castanha-do-pará**, conhecida mundo afora como **castanha-do-brasil**. Ela cresce nos galhos da castanheira de mesmo nome, a muitos metros de altura ⓫.

▶ Diferentemente das sapucaias, seus frutos não têm tampa. Quando amadurecem, não são apenas as castanhas que caem das árvores, mas o fruto inteiro ⓭, tal qual uma bala de canhão, destruindo tudo em seu caminho. Sua colheita se aproxima mais de uma partida de queimado do que de uma monótona tarefa de coleta florestal.

▶ Essas castanhas, porém, podem ser armazenadas por longos períodos. Por isso são recorrentes nos mixes de castanhas e frutas secas também em outros países ⓮.

O fruto com a casca pode pesar até 2 kg

casca, de gosto desagradável

castanha descascada

A cutia é um roedor noturno um pouco parecido com o preá. Depois de extrair as castanhas da carapaça, esses animais as enterram em lugares sombrios, criando mudas de castanheiras por toda a floresta.

PÃO DE QUEIJO ❷

preparo: 🕒 20 min
forno: 🔥 40 min: 20-30× ●

½ copo de leite (125 ml)
½ copo de água (125 ml)
¼ de copo de óleo (62 ml)
30 g de manteiga
3 copos de polvilho azedo (400 g)
2 colheres (chá) de sal
70 g de queijo parmesão
1 ovo

1 Coloque em uma panela a manteiga, o leite, a água e o óleo e aqueça até a manteiga derreter, então apague o fogo.

2 Em uma tigela grande, misture o polvilho e o sal. Em outra, rale o queijo e misture com o ovo batido.

3 Misture o conteúdo da panela com o polvilho com sal. Junte o queijo com o ovo e sove a massa até ela ficar homogênea e elástica. Preaqueça o forno a 200ºC e forre a assadeira com papel-manteiga.

4 Forme bolinhas do tamanho de uma noz e coloque-as na assadeira, deixando espaço entre elas. Você também pode congelá-las para assar depois.

5 Asse por 40 min até dourar. São mais saborosos quando quentes.

Maria come pão de queijo todos os dias no café da manhã.

UM PERFEITO BUQUÊ

▶ O **abacaxi** é uma fruta inconfundível. Antes da expedição de Colombo, só os habitantes da América do Sul e Central conheciam seu sabor. Mas, quando o restante do mundo o descobriu, desenvolveram-se novos lugares para o cultivo e outros métodos de armazenamento.

▶ Até recentemente, muitos países só consumiam abacaxis enlatados. Graças ao aprimoramento do cultivo e do transporte, as frutas frescas estão mais acessíveis. Infelizmente, os abacaxis exportados são colhidos muito cedo e por isso não desenvolvem todo seu potencial de sabor.

Um abacaxi é composto de 100-200 pequenos frutos que se formam a partir da mesma quantidade de flores.

1 2 3 4

BRIGADEIRO
doce com leite condensado e chocolate
preparo: ⏱ 20 min
resfriamento: ⏱ 1 h; 15-20×●

- 40 g de manteiga
- ¾ de lata de leite condensado (380 g)
- 4 colheres (sopa) de chocolate em pó

▶ O **leite condensado**, assim como o dulce de leche argentino e o manjar blanco peruano, é um creme espesso que se produz cozinhando o leite com açúcar por bastante tempo.

1 Em uma panela de fundo grosso, derreta a manteiga, adicione o leite condensado e misture bem. Acrescente o chocolate aos poucos e, com uma colher ou um batedor, mexa bem o tempo todo.

2 Cozinhe em fogo baixo por 5-10 min, sem parar de mexer, até a massa começar a desgrudar do fundo da panela.

3 Unte um prato com manteiga e despeje a massa nele. Deixe descansar por 1 h para esfriar.

4 Unte as mãos com manteiga, corte a massa fria em pedaços e faça bolas pequenas. Você pode complementá-las com granulado de chocolate ou de outro tipo. Guarde os brigadeiros na geladeira.

Antônio come vinte brigadeiros sozinho.

UMA RAIZ PERIGOSA

▸ Nos países tropicais, a mandioca é um importante alimento saciante*. É resistente à seca, cresce rapidamente e pode permanecer no solo por até 3 anos antes de ser desenterrada.
▸ O único problema é que, dependendo da espécie, a mandioca pode ser mais ou menos venenosa, então primeiro é necessário extrair suas toxinas lavando-a ou cozinhando-a.
▸ Da mandioca, se faz a farinha e a chamada tapioca, disponível em farelo ou em bolinhas. No Brasil, a farinha de mandioca é usada em várias receitas, com a tapioca prepara-se panquecas ❻ salgadas ou doces. Com as bolinhas, que após serem cozidas se parecem com uma gelatina, são feitas sobremesas deliciosas.

1 descascar
2 triturar
3 espremer para tirar as toxinas
4 aquecimento

OLHARES PAVOROSOS

▸ Muitas plantas incríveis crescem na bacia amazônica ❽, mas o pé de **guaraná** ❾, em especial, desperta associações assustadoras.
▸ Seus frutos contêm muita cafeína*, que estimula o organismo. Sua aparência, porém, aguça a imaginação, pois eles se assemelham a olhos arregalados.
▸ Mas o drama não acaba aí. Reza a lenda que um deus local tirou um olho de uma criança morta e o plantou na terra, fazendo brotar o primeiro guaranazeiro.

* Mais sobre café e cafeína na p. 107.

FRUTOS DA TRISTEZA

▸ A lenda do guaraná é perturbadora, mas a do açaí é ainda mais.
▸ Diz-se que, quando certa tribo passava fome, o cacique teria ordenado que todo recém-nascido fosse sacrificado para os deuses. Quando sua filha Iaçá deu à luz uma menina, o cacique mandou matar o bebê. Iaçá chorou a noite toda e, ao amanhecer, pensou ter visto a filha debaixo de uma palmeira. Quando a mãe foi pegá-la, porém, a criança desapareceu. Iaçá, ao ver que tinha abraçado apenas o tronco da árvore, morreu de tristeza a seus pés.
▸ A palmeira, contudo, ficou coberta de saborosos frutos roxos ❼. Graças a eles, a tribo nunca mais passou fome. Por isso deram à árvore o nome de Iaçá, mas de trás para a frente: açaí.
▸ Até hoje, o suculento açaí é a base do cardápio de muitas tribos amazônicas. Nas cidades, é servido como sobremesa, na forma de mousse congelado ❹ ⓬.

ARGENTINA
CEM QUILOS DE CARNE POR CABEÇA

- Um dos grandes tesouros da Argentina são os pampas: planícies verdes ideais para pastagem e cultivo.
- Antes da chegada dos espanhóis, há 500 anos, essas terras eram habitadas por povos caçadores e coletores que não desenvolveram uma civilização tal qual a dos incas, por exemplo.
- Um dos primeiros europeus a chegar foi o espanhol Juan Díaz de Solís. A ele se seguiram outros aventureiros, atraídos por lendas sobre montanhas repletas de prata. Ninguém as encontrou, mas a história marcou o nome do país (em latim, "prata" é **argentum**).
- Os povos nativos não conseguiram se defender dos invasores espanhóis e foram logo brutalmente subjugados. Suas tradições desapareceram quase por completo, e com a culinária não foi diferente: acabou substituída pelos ingredientes e pratos trazidos pelos imigrantes.
- As montanhas de prata se tornaram apenas uma lenda, mas, após sua independência da Espanha (graças, entre outros fatores, à criação de gado ❷), a Argentina se tornou um dos países mais ricos do mundo.

MATAMBRE ❿
Rocambole de carne recheado com legumes e ovos cozidos.

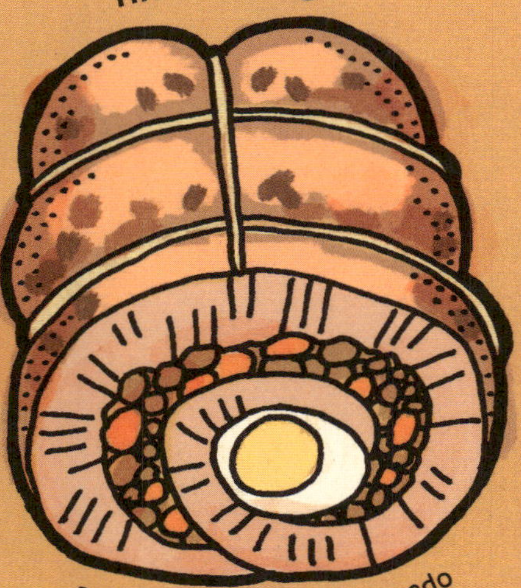

EMPANADAS ⓫
De origem espanhola, é um salgado recheado com carne, legumes ou frutas, que pode ser frito ou assado.

CARBONADA ❾
Um guisado de carne bovina com legumes (milho, abóbora, batatas etc.). Receita ao lado. 

CARNE E MAIS CARNE
- Há séculos, enormes rebanhos de vacas pastam nas planícies argentinas. Antes, eram criadas principalmente por causa do couro, e a carne que restava era tanta que as pessoas não davam conta de comer tudo.
- Uma parte era transformada em charque ❺; outra, consumida de imediato. Porém, antes da invenção da geladeira, não era possível conservar a carne por muito tempo nem transportá-la para ser vendida em outros lugares.
- Mesmo hoje, embora não seja mais necessário ter pressa para consumir toda a carne, um argentino consome em média 55 kg de carne bovina ao ano (e quase 100 kg de carne no total).

CARBONADA CRIOLLA
guisado de carne bovina com frutas secas
⏱ 1 h; 5×🍲

- 1 cebola
- 2 dentes de alho
- 6 colheres (sopa) de azeite de oliva
- 600 g de carne bovina sem osso
- 3 tomates (400 g) ou uma lata de tomates pelados
- 2 folhas de louro
- 1 ½ copo de caldo de carne (375 ml) ou de água
- 2 batatas pequenas
- 2 cenouras pequenas
- 1 batata-doce (500 g)
- 1 abobrinha
- 1 pêssego
- 1 pera
- 1 espiga ou uma lata de milho
- 1 punhado de damascos secos
- 1 colher (chá) de orégano
- 1 colher (chá) de páprica doce
- 1 colher (chá) de tomilho
- sal e pimenta

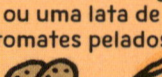

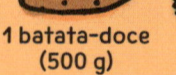

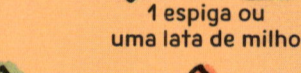

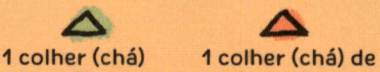

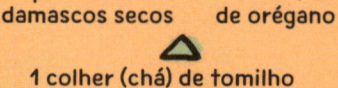

1 Corte a cebola ao longo do comprimento em fatias estreitas e pique o alho. Em uma panela grande, aqueça o azeite e, em fogo médio, refogue a cebola e o alho por alguns minutos até ficarem macios.

Todos na família de Franco adoram a carbonada que ele prepara.

2. Corte a carne em cubos e coloque na panela. Salgue e frite até dourar.

3. Corte os tomates em cubos grandes e adicione à carne. Acrescente as folhas de louro e o caldo de carne. Com a panela tampada, cozinhe por 30 min em fogo baixo.

4. Descasque as batatas, as cenouras e a batata-doce. Corte os legumes e as frutas em cubos grandes. Se tiver optado pela espiga de milho, corte-a em pedaços de 2 cm.

5. Junte a batata e a cenoura com o ensopado na panela. Cozinhe por 10 min e então acrescente a batata-doce. Mexa um pouco e certifique-se de que o caldo cobre todos os ingredientes (caso contrário, adicione um pouco mais de água).

6. Acrescente a abobrinha e o milho e cozinhe por mais 10 min ou até todos os ingredientes estarem cozidos.

7. Adicione as frutas e as especiarias, além de sal e pimenta a gosto.

SOB O CÉU AZUL

Um dos símbolos da Argentina são os gaúchos* ❸❻❼, pastores de gado e excelentes cavaleiros que passavam a vida cuidando de rebanhos nas extensas planícies dos pampas.

Um gaúcho sempre tinha um cavalo resistente e uma faca grande conhecida como facón.

Sua alimentação era simples: carne, carne e mais carne. Além disso, bebia erva-mate o dia inteiro.

▸ Hoje os gaúchos existem praticamente apenas nas histórias, mas seus hábitos influenciaram muito a culinária argentina atual.

* São semelhantes aos tradicionais gaúchos brasileiros, do Rio Grande do Sul. [N. do E.]

IDEAL PARA VIAGENS

O **charque** ❺ é um tipo de carne-seca cuja história é bastante antiga.

Em todo o continente americano se usava este método: cortava-se a carne (a de lhama, por exemplo) em tiras estreitas, nas quais se passava bastante sal antes de deixá-las secando ao sol. Essa carne não precisava de cozimento e podia ser armazenada por meses, independentemente da temperatura.

Hoje o charque é feito principalmente de carne bovina e continua sendo uma ótima solução para longas viagens.

BUENOS AIRES

CABANA DE CARNE

▸ Os gaúchos que cuidavam do gado nos pampas não contavam com outros ingredientes para ter uma dieta variada. Tampouco carregavam muitos suprimentos ou utensílios, sem os quais é difícil cozinhar. O que tinham de sobra eram as vacas.

▸ Por isso, o **asado** ❹ ❽, ou churrasco, se tornou tão popular: as carnes eram assadas ao redor do fogo, em grelhas ou espetos de metal dispostos de modo que parecessem uma cabana de carnes abrigando uma fogueira.

▸ Hoje, o churrasco não é apenas a forma tradicional de preparar carnes, mas também um evento social.

Justus von Liebig

CARNE DEMAIS

▸ Há 200 anos, os argentinos tinham mais carne do que conseguiam consumir, e boa parte do que sobrava era desperdiçada.

▸ No resto do mundo, porém, muita gente não conseguia comprar carne. Então **Justus von Liebig**, um químico alemão, inventou o extrato de carne, o ancestral dos cubos de caldo que se vendem hoje, usados para melhorar o sabor de sopas e molhos.

▸ Produzir o extrato na Europa, contudo, era muito caro. Por isso a empresa de Liebig se instalou na América do Sul, o que barateou seu produto.

NÃO SÓ VACAS

▸ Antes de as primeiras vacas europeias porem os cascos em solo americano, comiam-se ali carnes de outros animais.

GUANACO
Um mamífero aparentado com a lhama*. Pesa cerca de 120 kg.
* Mais sobre lhamas e alpacas na p. 44.

É uma prima do avestruz, porém menor. Pode pesar até 25 kg e adora comer gafanhotos e outros insetos. Também devora plantações de repolho, por isso as emas são um incômodo para agricultores.

EMA PINTADA

EMA ACINZENTADA

CHOCOTORTA

⏱ 30 min: 8×🍰

- 1 lata de doce de leite (510 g)
- 400 g de cream cheese
- ¾ de copo de leite (190 ml)
- 400 g de biscoitos de chocolate
- ½ copo de creme de leite (125 ml)
- 1 tablete de chocolate amargo (100 g)

O principal ingrediente da chocotorta é o dulce de leche (doce de leite), popular em toda a América do Sul. Tal qual na receita de alfajores peruanos, você pode comprá-lo em lata ou prepará-lo em casa*.

1 Em uma tigela, misture o doce de leite com o cream cheese. Em outra tigela, despeje o leite.

2 Mergulhe cada biscoito no leite por alguns segundos e, em seguida, coloque no fundo do refratário. Espalhe sobre os biscoitos uma camada da mistura de doce de leite seguida de outra camada de biscoitos umedecidos. Repita até acabarem os ingredientes, mas a última camada superior deve ser de biscoitos.

*Veja a receita na p. 46. Prepare uma porção dupla.

camada de biscoitos

camada da massa de cream cheese com doce de leite

e assim por diante

3 Em uma panela, aqueça o creme de leite, adicione o chocolate picado e mexa até a superfície ficar lisa. Então despeje sobre a torta e deixe na geladeira por pelo menos 1 h antes de servir.

Camila poderia viver só de chocotorta.

UM GOLE ESTIMULANTE

- A bebida nacional da Argentina, inseparável da cultura gaúcha, já era conhecida antes da chegada dos espanhóis: a erva-mate ❶.
- É preparada e servida no mesmo recipiente: pequenas cuias. Cobre-se a erva com água quente, mas não fervendo, e então se toma a infusão por um tubo chamado bomba, que tem um filtro em uma das pontas.
- Devido ao alto teor de cafeína*, durante muito tempo o mate foi considerado medicinal.

*Mais sobre cafeína na p. 107.

folhas secas

erva-mate

O filtro retém os resíduos.

A cuia é feita de um fruto da família da abóbora, chamado porongo ou cabaça.

NORUEGA
CHEGA O INVERNO

Leif Eriksson

- A Noruega, no Norte da Europa, é um paraíso para quem ama a natureza e não teme o frio.
- A paisagem é obra dos glaciares, que, há milhares de anos, esculpiram grandes cordilheiras e um litoral repleto de baías e ilhas. Hoje, do convés de navios de luxo ⑬, é possível admirar os enormes fiordes ② e, em meio a eles, charmosos vilarejos. Quem segue rumo ao norte, depois do Círculo Polar, pode vivenciar dias ou noites polares, que duram várias semanas.
- Alguns felizardos poderão admirar o maior espetáculo de luzes da Terra: a aurora boreal ⑪.
- Antigamente, a vida neste belo cenário não era nada fácil. Entre as montanhas não há espaço suficiente para pastos e plantações, por isso os prolongados invernos demandam muitas provisões.
- Então, fermentavam, salgavam, defumavam ou secavam os peixes. Caçavam alces ⑦, renas ④ e lebres ⑥. Faziam compotas de frutas silvestres ⑧ e assavam pães finos e crocantes ⑮, secos o suficiente para serem armazenados por muito tempo.
- Essas condições adversas moldaram os costumes dos lendários vikings ①, que, graças às técnicas de conservar alimentos, puderam navegar até os mais longínquos rincões da Europa e mesmo para a América do Norte.
- Hoje os noruegueses não precisam se preocupar com a falta de comida ou com longos invernos. Desde as descobertas das vastas reservas de petróleo ⑫, o país se tornou um dos mais ricos e organizados do mundo.
- Ainda assim, não abandonaram suas preferências, e os sabores tradicionais ainda são uma parte importante de sua culinária.

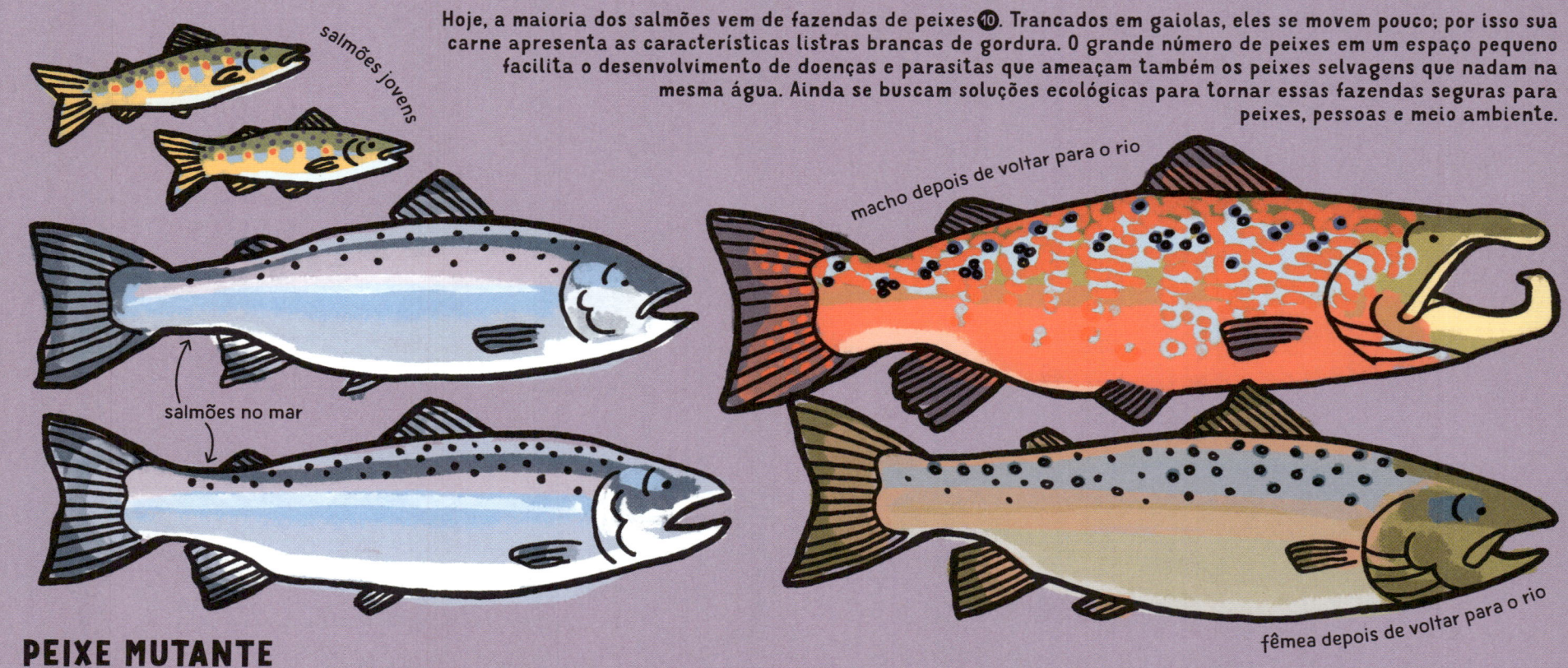

Hoje, a maioria dos salmões vem de fazendas de peixes ⑩. Trancados em gaiolas, eles se movem pouco; por isso sua carne apresenta as características listras brancas de gordura. O grande número de peixes em um espaço pequeno facilita o desenvolvimento de doenças e parasitas que ameaçam também os peixes selvagens que nadam na mesma água. Ainda se buscam soluções ecológicas para tornar essas fazendas seguras para peixes, pessoas e meio ambiente.

salmões jovens

salmões no mar

macho depois de voltar para o rio

fêmea depois de voltar para o rio

PEIXE MUTANTE

- A maioria dos peixes se divide entre os que vivem em água salgada (mares e oceanos) ou em água doce (rios e lagos). Os salmões ③⑤, porém, vivem em ambas. Nascem no fundo do rio, onde ficam 2-3 anos. Com a correnteza, vão para o mar. Para sobreviver nas novas condições, mudam seus corpos totalmente.
- Após vários anos no mar, voltam para casa. Durante a travessia mortal rio acima, contra a correnteza, mudam de aspecto outra vez e desovam: as fêmeas põem as ovas e os machos as fecundam. É também o fim de suas vidas: morrem de exaustão. Mas das ovas nascem novos peixes e o ciclo recomeça.

SEM PRAZO DE VALIDADE

▶ Não se conservavam apenas os peixes. A carne das criações (vacas ⑰, ovelhas ⑭ e porcos) e as de caça (renas ④ e alces ⑦) eram salgadas, secas e às vezes defumadas.

▶ Graças a esses métodos, as carnes adquiriam um sabor mais rico e podiam passar meses nas despensas sem estragar. Mais tarde, eram consumidos em temperatura ambiente ou usados como ingredientes de pratos quentes, em ensopados, assados, grelhados etc.

SMALAHOVE

"Smale" significa "carneiro", e "hovud", cabeça.

Cabeça de carneiro salgada, seca e depois cozida.

FERMENTAÇÃO SUAVE

▶ Um dos métodos de conservar o salmão era fermentá-lo enterrado num buraco à beira-mar. As bactérias produtoras de ácido lático evitavam que a carne se deteriorasse e lhe davam um sabor azedo.

▶ O peixe preparado desta forma era chamado de **gravlax**, que significa "salmão enterrado".

▶ Hoje, para fazer o gravlax, não são necessários nem pá nem fermentação. Basta marinar filetes de peixe com bastante sal, açúcar e endro num recipiente bem fechado.

KJØTTKAKER MED BRUN SAUS,
(lê-se "Xiotcác Mé Brun Sáus")
almôndegas com molho castanho

⏱ 45 min: 14×●

almôndegas

- 300 g de carne bovina moída
- 300 g de carne suína moída
- 1 colher (sopa) de fécula de batata
- ⅓ de colher (chá) de gengibre moído
- ⅓ de colher (chá) de noz-moscada em pó
- 3 colheres (sopa) de leite
- 1 ½ (chá) de sal
- pimenta
- manteiga (para fritar)

molho

- 60 g de manteiga
- ⅓ de copo de farinha de trigo (60 g)
- 3 copos de caldo de carne (750 ml)
- sal e pimenta

1 Em uma tigela, misture com as mãos os ingredientes da almôndega e forme as bolotas. Em uma frigideira, derreta a manteiga e frite as almôndegas até ficarem douradas.

2 Em uma panela, derreta a manteiga do molho. Acrescente a farinha aos poucos, mexendo bem até a massa ficar lisa. Abaixe o fogo e cozinhe por 10 min, mexendo de vez em quando.

3 Quando a farinha começar a dourar, despeje o caldo de carne quente. Mexa sempre para evitar grumos. Cozinhe por mais 10 min até o molho engrossar.

4 Tempere a gosto e junte com as almôndegas fritas. Cozinhe tampado por 15 min. Sirva com batatas cozidas.

Bjørn come 10 kjøttkaker todo dia.

FERMENTAÇÃO TURBO

▶ Quem procura sensações intensas ou se prepara para um inverno bem longo pode fermentar o peixe (geralmente, truta) não por uns poucos dias, mas por meses ou mesmo por um ano.

▶ Essa iguaria se chama **rakfisk**, que significa "peixe encharcado".

CASCA-GROSSA

▶ O produto norueguês mais popular há séculos é o **tørrfisk** (lê-se "torfisque"), bacalhau seco e duro.

▶ Após meses exposto ao vento frio ⑨, a carne perde quase toda a água, e a fermentação que ocorre junto com a secagem lhe dá um sabor especial.

▶ O bacalhau conservado dessa forma dura anos, é fácil de transportar e não perde o sabor. Porém, antes de cozinhá-lo, é preciso deixá-lo bastante tempo de molho para dessalgar.

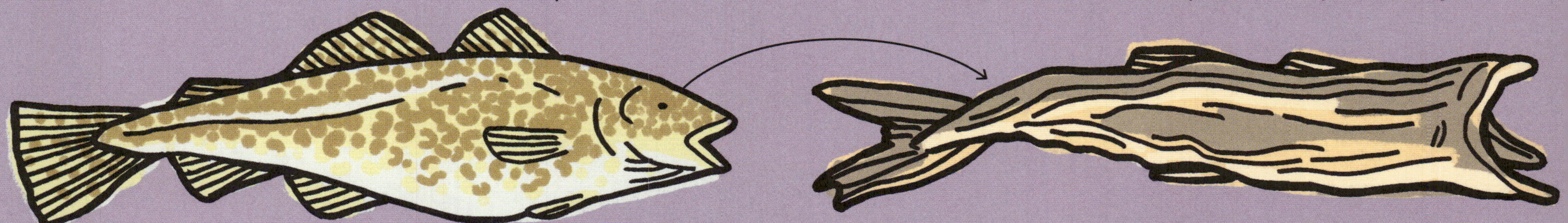

Na Idade Média, os católicos eram bastante rígidos com os dias em que não podiam comer carne. O bacalhau seco foi uma solução prática que rapidamente conquistou a Europa.

UM MOLHO MORTAL

▶ O bacalhau seco é cozido como um peixe comum, mas alguns gourmets preparam o **lutefisk**, ou "peixe em soda cáustica".

▶ A soda cáustica (hidróxido de sódio) é uma substância corrosiva e venenosa que dilata e amacia o bacalhau. Mas antes de cozinhá-lo é preciso enxaguar bem para removê-la.

▶ Antes, o lutefisk era feito com hidróxido de potássio, obtido ao cozinhar e drenar as cinzas da madeira queimada e que é tão perigoso quanto a soda.

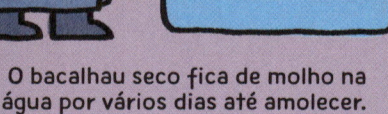

1 O bacalhau seco fica de molho na água por vários dias até amolecer.

2 Depois, vai para a solução de soda cáustica.

3 Para eliminar a soda, deixa-se o bacalhau de molho em água mais uns dias.

4 E pronto! O peixe é finalmente cozido ou assado.

QUEIJEIRA SALVADORA

▶ Os noruegueses adoram seus queijos. Um dos mais populares é o **brunost** ⑯, que significa "queijo marrom". A cor e o sabor adocicado se devem ao aquecimento do soro e à caramelização do açúcar nele contido.

▶ Foi inventado há mais de 150 anos por **Anne Hov**, que vivia em Gudbrandsdalen durante uma profunda crise. Seus queijos fizeram sucesso, e a difusão da receita ajudou os vizinhos a superarem os apuros financeiros.

SEMPRE EM BANDOS

▶ O bacalhau e o salmão não são as únicas estrelas da cozinha norueguesa. Muitos outros peixes são consumidos no dia a dia.

SARDINHA

Estes pequenos peixes que nadam em enormes cardumes costumam ser marinados em óleo e outras salmouras. A Noruega produz sardinhas enlatadas há mais de 150 anos.

Assim como as sardinhas, os arenques formam grandes cardumes. Durante séculos, foi o peixe mais consumido na Europa. Na Noruega, costuma ser marinado e servido como aperitivo.

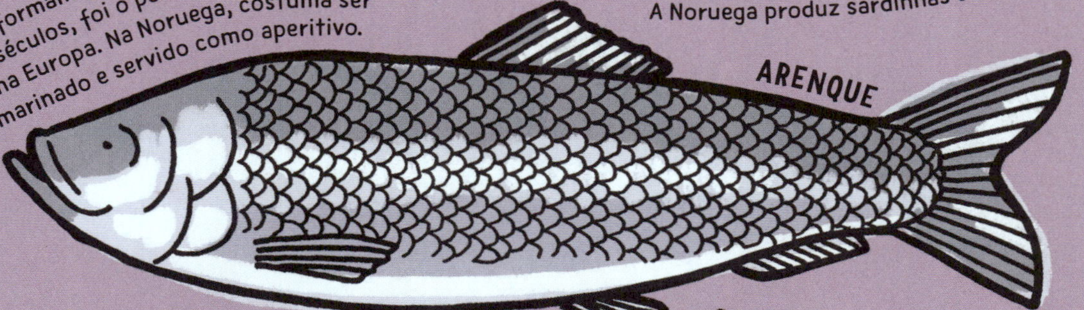

ARENQUE

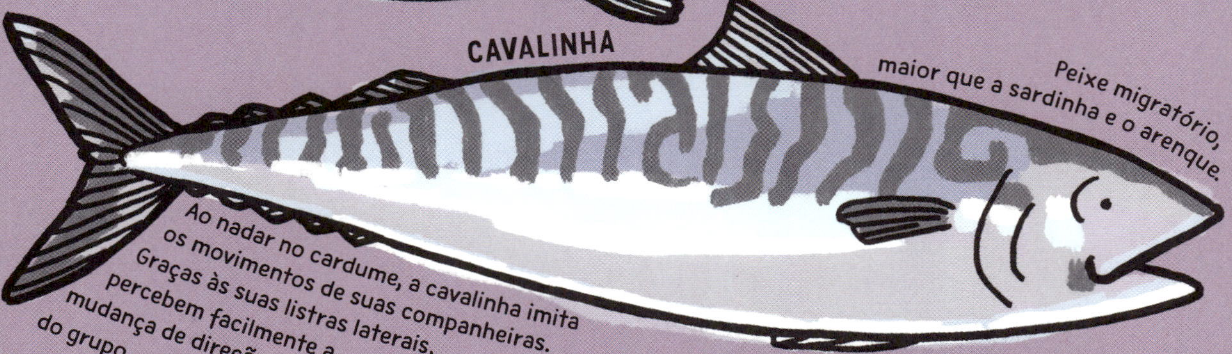

CAVALINHA

Peixe migratório, maior que a sardinha e o arenque.

Ao nadar no cardume, a cavalinha imita os movimentos de suas companheiras. Graças às suas listras laterais, percebem facilmente a mudança de direção do grupo.

COMO FUNCIONA O SAL?

▶ Os alimentos se estragam devido a microrganismos que precisam de água para viver e que não suportam o sal. Se cobrirmos com sal um produto cru, a concentração em seu interior será muito maior que a exterior. Esse desequilíbrio é corrigido pela **osmose**: a água sai do produto à medida que o sal se infiltra nele.

▶ Ao desidratar os alimentos, o sal inibe o desenvolvimento de microrganismos tóxicos e incentiva aqueles responsáveis pela fermentação. O ácido produzido nesse processo elimina as bactérias indesejadas e, de quebra, transforma o salmão em gravlax.

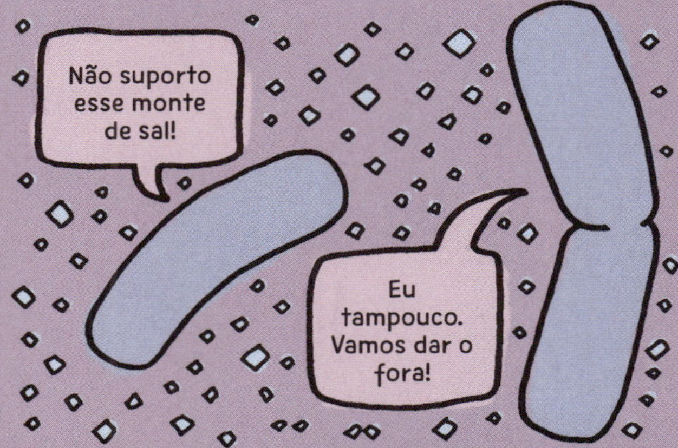

Não suporto esse monte de sal!

Eu tampouco. Vamos dar o fora!

TILSLØRTE BONDEPIKER,
lê-se "Tilxnartbãnapiquer"
sobremesa de maçãs em camadas

⏱ 30 min; 4×🥛

- 3 maçãs
- ¼ de copo de água (60 ml)
- 4 colheres (sopa) de açúcar (opcional)
- 6 fatias de pão torrado
- 50 g de manteiga
- ¼ de colher (chá) de canela em pó
- 1 copo de creme de leite fresco (250 ml)
- 2 colheres (sopa) de açúcar refinado

🍎 Quase todas as maçãs ficam deliciosas cozidas, mesmo sem açúcar.

1 Descasque e pique as maçãs. Numa panela com a água e metade do açúcar (se você for usar), cozinhe-as em fogo baixo até desmanchar. Reserve para esfriar.

2 Triture as torradas no liquidificador. Numa panela, aqueça a manteiga e o restante do açúcar. Quando dissolver, adicione as torradas trituradas e cozinhe por alguns minutos, mexendo sempre. Tempere com canela e deixe esfriar.

3 Bata o creme de leite fresco com o açúcar refinado.

4 Em taças ou copos, monte camadas com a maçã, o creme batido e as torradas. Sirva imediatamente.

A sobremesa predileta da Nora

ALEMANHA

SALSICHÕES E OURO BRANCO

▸ Durante séculos, a cozinha alemã foi, sobretudo, simples e nutritiva. Aqui são tradicionais os fartos cafés da manhã, os almoços repletos de massas e carnes, os lanches caprichados e as opulentas ceias familiares. Os descendentes dos guerreiros germânicos não eram exigentes. Só faziam questão de se levantarem da mesa de barriga cheia.

▸ Ainda que o volume de calorias fosse em geral mais valorizado que o requinte culinário, isso não impediu o desenvolvimento de pratos saborosos e variados. Como, historicamente, a Alemanha permaneceu durante séculos dividida em Estados e principados independentes, cada região manteve as próprias preferências.

▸ Além dos alimentos comuns em todo o país (massas, salsichões, batatas ❼ ⓰ ⓳, repolho em conserva ❿ e pão de centeio), é possível provar, na Baixa Saxônia, diversos pratos de peixe ⓲ e, na Baviera, os famosos joelhos de porco.

▸ O panorama gastronômico mudou bastante ao longo das últimas décadas na Alemanha, onde é possível encontrar, hoje, pratos do mundo inteiro. Berlim se tornou a capital da culinária contemporânea, e os restaurantes alemães se fartaram de estrelas no Michelin*.

* Veja mais sobre o guia Michelin na p. 80.

BARRIGA CHEIA DE FARINHA

▸ Ninguém pode negar que os alemães adoram todo tipo de massa. As especialidades nacionais são feitas de farinha, pão ou batatas. Podem ser recheadas ou servidas com molho, e funcionam como acompanhamento ou como uma refeição completa.

SEMMELKNÖDEL ❾
Bolinhos feitos com pão umedecido, bacon, ovos e fígado picado ou queijo.

KNÖDEL COM FRUTAS ❷
Bolinhos de batata recheados com ameixas, morangos ❸, mirtilos ou frutas da estação.

NOCKERL ⓬
Massa de trigo derivada da culinária austríaca. Porções da massa, quase líquida, são colocadas diretamente na água fervente.

SPÄTZLE ⓯
Massa de ovos. Fica ótima com molhos de carne. Pode constituir uma refeição completa, acompanhada de cebola e queijo (Käsespätzle)*, chucrute (Krautspätzle) ou doce, com cerejas e canela (Kirschspätzle).

* Veja a receita abaixo.

DAMPFNUDEL ㉑
Bolinhos grandes de massa com levedura, cozidos em leite e manteiga. São servidos com carnes ou como sobremesa, com caldas doces.

KARTOFFELKLÖSSE ⓭
Bolotas de massa de batata.

KÄSESPÄTZLE, lê-se "Quezelshpétzle"

massa fresca com queijo: preparo: ⏱ 1 h; 4× 🍽

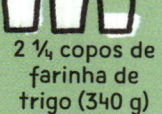

- 2 ¼ copos de farinha de trigo (340 g)
- ½ copo de água (125 ml)
- 4 ovos
- 2 cebolas grandes
- 4 colheres (sopa) de manteiga (60 g)
- 200 g de um queijo que derrete bem (por exemplo, emental ou gruyère)
- 1 maço de cebolinhas
- sal e pimenta

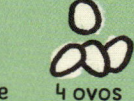

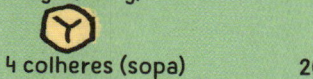

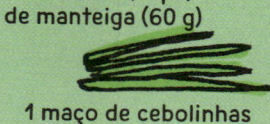

1 Em um recipiente, misture bem a farinha, os ovos, uma colher (chá) de sal e a água até formar uma massa homogênea e espessa.

2 Em uma panela grande, ferva água com um pouco de sal e rapidamente mergulhe nela uma tábua de corte. Então,

INTEGRAL E DURO

▶ O centeio é um primo da cevada e do trigo*. Ainda que sua farinha não produza pães brancos e macios, esse cereal predominava na Europa Central e Oriental durante a Idade Média.

▶ Isso porque o trigo é originário das terras quentes do sul e por isso não se dava bem no clima frio do norte. O centeio, por sua vez, é bem menos exigente.

▶ Embora hoje seja fácil encontrar farinha de trigo, o pão de centeio continua muito popular. Um exemplo é o famoso **pumpernickel** ❻, originário do oeste da Alemanha. É feito com farinha integral e assado por mais de 10 horas em baixa temperatura. Por isso, fica compacto e úmido, com cor marrom e sabor adocicado.

* Mais sobre o trigo na p. 6.

Comprei um pão para cada um.

TRANSE MORTAL

▶ Nas crônicas medievais são comuns as cenas de loucura coletiva. De repente, alguns começavam a dançar, enquanto outros tinham alucinações, febre e convulsões.

▶ Esses comportamentos estranhos não se deviam a maquinações diabólicas ou a personagens fabulosos, mas, sim, à cravagem, um fungo venenoso e mortal comum nos cereais.

▶ Felizmente, hoje sabemos como nos livrar desse parasita e precisamos encontrar outras explicações para as condutas inusitadas de certas pessoas.

3 Depois de a massa subir à superfície, deixe cozinhando mais alguns minutos. Em seguida, passe a massa pelo escorredor e despeje por cima um pouco de água fria.

4 Numa frigideira, aqueça a manteiga e frite as cebolas (em fatias finas) por 15 min, até dourar. Rale o queijo e pique a cebolinha.

5 Junte a massa à cebola e refogue. Adicione o queijo e, quando ele derreter, tempere com sal e pimenta. Antes de servir, salpique um pouco de cebolinha.

espalhe sobre a tábua uma porção da massa, corte-a em tiras finas e vá despejando na água.

Hannah gosta de comer käsespätzle de vários jeitos.

A BERLIM ATUAL É UMA MISTURA MALUCA DE SABORES DO MUNDO INTEIRO.

EMBUTIDOS

▸ A carne sempre foi preciosa demais para ser desperdiçada. E as **salsichas**❶ são uma das formas mais tradicionais de aproveitar o sangue, os retalhos e as vísceras.

▸ Uma pasta de carne moída era embutida nas tripas, fechadas nas extremidades com um nó de barbante. Depois, a salsicha era cozida, assada, seca ou defumada e podia ser consumida quente ou fria.

▸ Na Europa, as salsichas eram feitas principalmente de carne suína, mas com o tempo surgiram também as de queijo, legumes e até mesmo de peixe.

▸ Os alemães adoram o **Wurst** (lê-se "vurst", e significa "salsicha"). Dizem que existem mais de 1.500 tipos diferentes, divididos em três categorias de acordo com o modo de preparo.

BRÜHWURST
Salsicha pré-cozida e, em alguns casos, defumada. Não é conservável, mas pode ser consumida fria, embora seja mais comum aquecê-la antes de servir.

FRANKFURT
Usada em cachorros-quentes (ver p. 38).

WEISSWURST
Salsicha branca inventada há apenas 150 anos. Como estragava rapidamente, era feita de manhã para ser consumida no desjejum.

ROHWURST
Salsichas cruas conservadas por secagem ou, às vezes, por defumação.

TEEWURST,
Isto é, "salsicha da hora do chá". Tem muita gordura e se desmancha facilmente. Costumava ser usada em sanduíches no chá da tarde.

BRATWURST ❽
Famosa linguiça de churrasco, disponível em dezenas de variedades.

KOCHWURST
Salsichas cozidas.

LEBERWURST ❺
Salsicha de fígado.

BLUTWURST ⓮
Feita com uma pasta homogênea de miúdos e sangue.

CURRYWURST
Bratwurst frita, coberta com ketchup e curry. Não se trata de uma categoria à parte, mas, por ser uma comida de rua* muito popular, merece menção especial.

Foi inventada por Herta Charlotte Heuwer, uma vendedora de salsichas de Berlim.

* Veja na p. 43.

TESOUROS DESENTERRADOS

▶ Os aspargos ⓰ ⓱ são brotos jovens de uma planta nativa do Mediterrâneo. Sua imagem já estampava tumbas egípcias há 2.400 anos, e o imperador Otávio Augusto* tinha uma frota especial supostamente incumbida de lhe garantir suprimentos constantes desses vegetais.

▶ A Alemanha consome 125 mil toneladas de aspargos brancos por ano. Sua temporada dura dois meses e é uma verdadeira festa nacional, pois são comercializados em qualquer mercado ou restaurante.

* Veja mais sobre Otávio Augusto nas pp. 89 e 98.

Os aspargos brancos e os verdes são a mesma planta. Os primeiros, chamados de "ouro branco", crescem embaixo de montinhos de terra e por isso não têm contato com o sol. Assim, não produzem clorofila, responsável por lhes dar a cor verde.

KARTOFFELSALAT,
lê-se "Cartófelzalát"
salada de batata: 45 min; 3×

- 1 kg de batatas
- 1 copo de caldo de carne (250 ml)
- 1 cebola pequena
- 3 colheres (sopa) de vinagre de vinho branco
- 4–5 colheres (sopa) de óleo vegetal
- 1–2 colheres (sopa) de mostarda
- ¼ de colher (chá) de noz-moscada em pó
- sal e pimenta

complementos
- salsinha fresca
- 150 g de bacon
- 2–3 pepinos em conserva

Use os complementos conforme sua preferência (por exemplo, acrescentando mais bacon ou substituindo-o por linguiça).

1 Cozinhe as batatas com casca em água e sal até conseguir enfiar um garfo nelas (devem estar firmes o suficiente para não se desmancharem quando cortadas). Retire-as da água e deixe esfriar.

2 Pique bem a cebola e, numa panela, aqueça o caldo de carne.

3 Acrescente a cebola ao caldo quente e cozinhe por mais alguns min em fogo baixo.

4 Descasque as batatas, corte-as em rodelas de 5 mm de espessura e espalhe-as em um recipiente. Verta o caldo sobre elas e adicione o vinagre, o óleo, a mostarda e a noz-moscada. Misture delicadamente e tempere com sal e pimenta. Reserve por 20 min, para as batatas absorverem o molho.

5 Acrescente os complementos de sua preferência (linguiça ou bacon picados e fritos, salsinha, pepino em conserva etc.).

Leon serve Kartoffelsalat como acompanhamento de qualquer prato.

POLÔNIA
COGUMELOS E BARRIS DE REPOLHO

CASTRO EM OSTRÓW LEDNICKI

- Desde os tempos do rei Miecislau I ②, as fronteiras da Polônia sofreram muitas mudanças. Há 400 anos, o Estado polaco-lituano (a República das Duas Nações) era um dos maiores da Europa. Mas sumiu do mapa ao ser invadido por seus poderosos vizinhos. Faz apenas 100 anos que a Polônia reconquistou a independência.

- A antiga cozinha polonesa era abundante em pratos salgados, azedos e picantes, com carnes gordurosas e de caça ❸, além de peixes ❶ ㉘. Com o tempo, no entanto, ficou mais leve. Muitos sabores foram trazidos por estrangeiros (russos, lituanos, tártaros, armênios, judeus, franceses, austríacos e alemães) que, ao longo de séculos, se estabeleceram na Polônia. Fora o repolho, a beterraba e o pepino, a culinária polonesa se vale de vegetais como batata, tomate, espinafre, feijão, aspargo, couve-flor, abobrinha, alface, chicória e alho-poró.

- No cardápio tradicional do país não podem faltar a kasza (lê-se "cacha") ❼ ⑪, os pães ⑬, as massas, os pierogi (lê-se "pierógui") ❹ ⑫, os queijos, a carne de porco e de frango e os frios. São muito populares as sopas e as conservas ❽ ⑩, bem como cogumelos ❻ ❾ e frutas (maçãs, peras, ameixas e groselhas verdes e vermelhas).

NÃO SÓ BATATAS

- Na Polônia sempre se consumiu a kasza: sêmolas dos mais variados cereais. Os pobres costumavam comer kasza na forma de mingau à base de água ❼, enquanto os ricos consumiam uma versão mais sofisticada ⑪: cozida no leite, com ovos, passas e canela.

TRIGO-SARRACENO — É servido, em geral, com um molho espesso, como acompanhamento para carnes, mas é também um ingrediente frequente em pratos vegetarianos.

MORCELA — Um tipo de chouriço feito de trigo-sarraceno ou cevada, com sangue, fígado e/ou outros miúdos de porco.

CEVADA — O cultivo da cevada é anterior ao do arroz e do trigo. A kasza de cevada feita com os grãos integrais é chamada de **pęczak** (lê-se "pêntchak"), e a produzida com grãos quebrados, de **kasza perolada**.

TRIGO — A semolina de trigo, chamada de **kasza manna**, é uma farinha muito refinada e de sabor suave, por isso costuma ser usada em doces.

KUTIA — Sobremesa comum nas ceias de Natal polonesas. É feita com trigo integral, mel, sementes de papoula, castanhas e frutas secas.

JAGLANKA — Mingau doce de painço cozido em água ou leite, com castanhas e frutas frescas ou secas. Ideal para o café da manhã.

PAINÇO — A **kasza jaglana** é feita a partir do painço (também conhecido como milhete), uma planta cultivada pelo ser humano há mais de 10 mil anos.

Hoje em dia, as batatas acabaram tomando o lugar das kaszas nos pratos tradicionais. Mas as batatas se tornaram populares há apenas 200 anos.

PIEROGI COM KASZA DE TRIGO-SARRACENO E QUEIJO BRANCO

⏱ 1 h e 15 min; 50×

Um dos pratos poloneses mais populares mundo afora são os pierogi, pasteizinhos cozidos. São feitos de massa bem fina com recheio salgado ou doce.

1 Cozinhe o trigo-sarraceno e deixe esfriar. Triture a ricota (com processador, liquidificador ou garfo) e junte com o trigo-sarraceno. Tempere e misture tudo.

recheio
- 1 copo de trigo-sarraceno (200 g)
- 500 g de ricota
- sal e pimenta

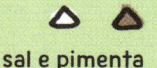

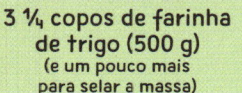

massa
- 3 ¼ copos de farinha de trigo (500 g) (e um pouco mais para selar a massa)
- 1 ovo
- ¼ de colher (chá) de sal
- 1 copo de água morna (250 ml)

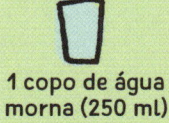

para acompanhar: cebola ligeiramente refogada e creme de leite fresco

Os pierogi da Natália são do tamanho de uma tangerina.

PALÁCIO DE WILANÓW

Jean III Sobieski

Maria Kazimiera d'Arquien

REPOLHO E PEPINO

▶ A **fermentação** é um dos métodos mais antigos de conservar alimentos. Nas conservas, as bactérias convertem o açúcar em ácido láctico, dando aos produtos um sabor diferente e evitando que estraguem rápido demais.

REPOLHO EM CONSERVA 8

BIGOS 5
Um guisado, cozido ao longo de vários dias, feito de repolho em conserva, carne e cogumelos.

PEPINOS EM CONSERVA 10

SOPA DE PEPINO

CALDOS AZEDOS

▶ As sopas são uma entrada quase obrigatória das refeições polonesas. Além daquelas populares mundo afora, como a de tomate e o consomê, são muito apreciados vários tipos de **borsh**: sopas com ingredientes de conserva.

ŻUR
Sopa preparada com massa azeda (farinha de centeio fermentada)*, ovo cozido e salsicha branca.
* Veja mais sobre o fermento natural na p. 57.

BORSH VERMELHO
Sopa de beterraba.

SOPA DE AZEDINHA
Feita com ovo, creme de leite e a planta "azedinha" (*Rumex acetosa*).

KWAŚNICA (lê-se "fashnitza")
Leva repolho em conserva e carne, tradicional das regiões montanhesas.

LEITE FERMENTADO E QUEIJOS

▶ Outra iguaria polonesa é o leite fermentado (combina muito bem com batatas cozidas, por exemplo). As bactérias* que fermentam o leite fresco lhe conferem um aspecto gelatinoso e um gosto azedo.

▶ Ao aquecer lentamente o leite fermentado, obtém-se o **coalho**, que é a base dos queijos brancos usados em pratos doces e salgados.

* O leite comprado nos mercados é pasteurizado. Isso significa que foi aquecido, o que mata a maioria das bactérias, inclusive aquelas necessárias para a fermentação. Para que esse leite coagule, é preciso adicionar a ele um pouco de creme de leite fresco não pasteurizado ou leite azedo. Veja mais sobre pasteurização na p. 83.

2 Numa superfície lisa, junte a farinha de trigo e o sal, fazendo uma pequena montanha com um buraco no meio. Quebre o ovo ali e misture com a farinha, adicionando água morna aos poucos e sovando até formar uma massa homogênea. Então, cubra com um pano para não ressecar.

3 Com uma porção da massa, faça um cilindro de 3 cm de diâmetro e corte-o em fatias de 2 cm de largura. Polvilhe farinha sobre as fatias e, com um rolo, estique uma por uma até ficarem com 2 mm de espessura.

4 Coloque uma colher (chá) de recheio em cada círculo, dobre-os e aperte bem as bordas para fechá-los (se umedecê-las, elas grudam melhor).

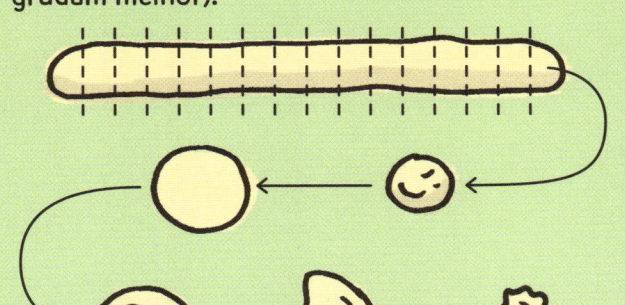

5 Em uma panela grande, ferva água com sal. Vá colocando os pierogi para cozinhar (máximo de 10 por vez). Com uma colher, mexa suavemente para evitar que grudem no fundo da panela. Depois de subirem à superfície, deixe cozinhando por mais alguns minutos.

6 Sirva imediatamente com cebola frita ou creme de leite fresco.

DIRETO DA MATA

▶ Desde tempos imemoriais, as florestas têm sido uma excelente fonte de alimentos: carne de caça, frutas e cogumelos. Antigamente, nos bosques de carvalhos pastavam os porcos, grandes apreciadores dos frutos (bolotas) dessas árvores.

▶ Nos últimos 200 anos tem ocorrido uma redução drástica das áreas de florestas naturais, que têm dado lugar a plantações de pinheiros. E as frutas e cogumelos consumidos na Polônia vêm cada vez mais desses bosques cultivados. Ainda assim, as excursões à mata, em busca de iguarias, não deixaram de ser atrativas.

MORANGO SILVESTRE
As frutas silvestres são especialmente doces e aromáticas. Do cruzamento de duas espécies silvestres surgiu o morango polonês comum.

Os frutos frescos são deliciosos e funcionam muito bem como recheio de pierogi ou de outros pratos doces.

MIRTILO (BLUEBERRY)

OXICOCO (CRANBERRY)
Cresce nos pântanos. Tem gosto amargo quando cru, mas combina com carnes quando transformado em geleia.

AMORA
A depender da espécie, pode ser azeda ou doce, mas todas são comestíveis. Algumas têm propriedades medicinais.

FRAMBOESA
Pertence à mesma família das amoras. A diferença é que é vermelha.

Ao coletar produtos silvestres, é preciso assegurar-se de que se trata da espécie certa, pois há cogumelos e frutas vermelhas que são venenosos. Bastam algumas bagas de beladona ou meio cogumelo amanita para matar uma pessoa adulta.

BOLETO-BOM
Também conhecido como boleto-doce, é a espécie dos coletores de cogumelos. O maior já encontrado pesava 7,5 kg.

IMLERIA BADIA
Da mesma ordem dos Boletales, é encontrado perto de troncos ou debaixo de folhagens mortas. Quando cru, é venenoso.

BOLETO-DE-BÉTULA
O chapéu do *Leccinum scabrum* pode medir até 20 cm de diâmetro, mas os menores são mais saborosos.

SUILLUS
Antes de prepará-lo, é preciso tirar a pele alaranjada, que é azeda e difícil de digerir.

ESPORTE NACIONAL

▶ Os poloneses adoram coletar cogumelos. De agosto até o final do outono, veem-se carros estacionados próximo aos bosques. As pessoas têm variedades favoritas e lugares prediletos (mantidos em segredo) para encontrá-las. Membros de uma mesma família competem para ver quem encontra mais cogumelos ou o maior exemplar. E os vencedores têm a façanha registrada em fotos comemorativas.

FRADE
O chapéu do *Macrolepiota procera* pode ser frito como um filé. Mas é preciso cuidado, pois ele é parecido com cogumelos amanitas, venenosos.

MÍSCARO
Considerado um dos cogumelos mais saborosos.

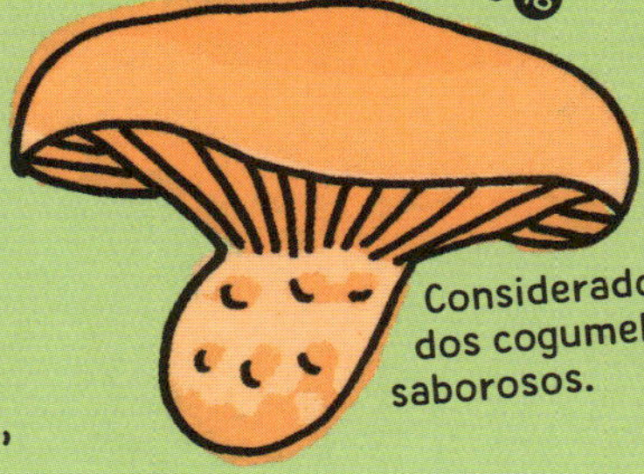

CHAPÉU-DE-COBRA
Ideal para sopas e molhos.

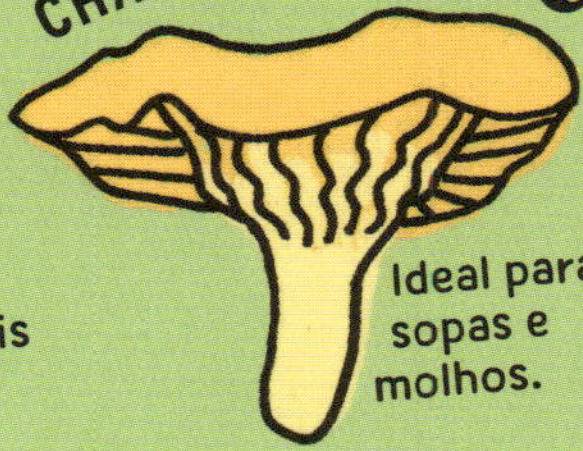

Algumas variedades de cogumelos comestíveis podem ser cultivadas. Porém, as espécies mais saborosas (como os boletos) são encontradas apenas nas profundezas das florestas.

O OURO DAS FLORESTAS

▸ Durante séculos, a apicultura silvestre foi o principal método para obter mel e cera de abelha. Os antigos apicultores dessa modalidade faziam buracos nos troncos das árvores para ali inserir as colmeias.

▸ O trabalho era difícil e perigoso, pois o apicultor corria o risco de despencar de uma altura de vários metros. Contudo, era uma profissão de prestígio, passada de geração em geração.

▸ Hoje, muita coisa mudou, mas ainda existe quem continue levando colmeias para os bosques mais próximos.

De uma colmeia silvestre obtinham-se alguns quilos de mel todo ano. Mas, nos apiários de hoje, é possível tirar até 100 kg de mel de uma só colmeia.

BISCOITO DE GENGIBRE

preparo: 1 h; esfriamento: 1 h; 50×

massa
- 100 g de mel
- ½ copo de açúcar refinado (65 g)
- 70 g de manteiga
- ½ colher (chá) de bicarbonato de sódio
- 3 colheres (sopa) de leite
- 2 copos de farinha de trigo (300 g) (mais um pouco para polvilhar)
- 1 pitada de sal
- 1 colher (sopa) de gengibre, canela e cravo moídos
- 1 ovo

glacê
- clara de 1 ovo
- 1 ½ copo de açúcar refinado (195 g)
- 1 colher (sopa) de suco de limão

A massa destes biscoitos leva bastante mel e especiarias (gengibre, canela e cravo-da-índia). Com ela se fazem, há séculos, figuras humanas, animais, casinhas etc.

1 Em uma panela, aqueça em fogo baixo o mel, o açúcar e a manteiga, mexendo um pouco. Adicione o bicarbonato de sódio misturado com o leite (vai espumar um pouco). Mexa bem e deixe esfriar.

2 Numa superfície lisa, misture a farinha, o sal e as especiarias. Faça um buraco no meio e despeje ali a calda de mel junto com um ovo batido. Sove até a massa ficar homogênea.

3 Faça uma bola com a massa, envolva-a em filme plástico e deixe na geladeira por 1 h.

4 Preaqueça o forno a 180ºC e forre uma assadeira com papel-manteiga.

5 Polvilhe um pouco de farinha sobre a superfície lisa, abra a massa até uma espessura de 3 mm e recorte os biscoitos no formato que desejar. Ao colocá-los na assadeira, deixe algum espaço entre eles para evitar que se grudem ao crescer. Asse por 8-10 min.

6 Para o glacê, bata a clara com o açúcar e o suco do limão até ficar uma mistura homogênea. Coloque o glacê em um saco plástico (não muito fino), dê um nó para fechá-lo e corte a pontinha de um dos bicos da base. Aplique o glacê sobre os biscoitos já frios, decorando-os com desenhos. Deixe secar.

7 Guarde os biscoitos em uma lata para conservá-los frescos por mais tempo.

Zosia é uma verdadeira artista da decoração de biscoitos.

MASÚRIA

RÚSSIA
CAVIAR, TUBÉRCULOS E APERITIVOS

▸ A Rússia é o maior país do mundo, com uma área de 17 milhões de km² (quase o dobro da área da Europa inteira). É tão enorme que os fusos horários dos extremos leste e oeste do país têm uma diferença de 10 horas.

▸ Antigamente, a dieta dos russos era bem modesta. Os invernos rigorosos e as duras condições de vida impunham uma alimentação que prezava mais pela sobrevivência do que por sabores sofisticados.

▸ O pão de centeio ⑨, a kasza de diversos tipos de cereal, os legumes e a batata saciavam a fome da população. A conserva fermentada era uma das formas mais comuns de preservar os alimentos e, por isso, o sabor azedo tornou-se muito popular. Da China vieram as massas recheadas ⑬ ⑮, mas as especiarias exóticas não despertaram o mesmo entusiasmo. A escassez de suprimentos e o acesso bem limitado à carne motivaram a invenção de sopas nutritivas ㉒.

▸ Na Rússia, as receitas simples são populares até hoje. Apesar da origem rural, agradavam até os tsares, de Ivan, o Terrível, a Pedro, o Grande. Os pratos locais estavam tanto nas mesas das choupanas como nos banquetes da aristocracia.

PEQUENAS DELÍCIAS

▸ Como garantir o sucesso de uma festa ou de um jantar? Servindo dezenas de pratos variados, quentes e frios, em pequenas porções: embutidos, arenque, salgados, legumes em conserva e canapés. Em uma palavra, aperitivos, ou, em russo, **zakuski** (lê-se "zacósqui"): petiscos servidos antes do prato principal ou para serem degustados durante longas conversas.

▸ Embora o tsar Pedro, o Grande, tenha observado esse costume em países ocidentais, as zakuski se constituem, no geral, de especialidades da culinária russa.

- PIEROGI ⑦
- PEPINO EM CONSERVA ⑱
- GELATINA DE CARNE ⑯
- PIEROGI ASSADO ⑧
- CANAPÉS
- CAVIAR ⑭
- ARENQUE ⑰
- EMBUTIDOS VARIADOS ⑲
- CHUCRUTE ⑪
- COGUMELOS MARINADOS ㉑
- PICLES ⑳
- OVOS COZIDOS

LUXO DO FUNDO DO MAR

▸ Já que comemos ovos de pássaros, por que não consumir também os ovos de peixes? Mas os peixes botam ovos? Não exatamente. Na verdade, eles desovam. Por isso chamamos de "ovas", em vez de "ovos".

▸ As ovas de alguns peixes (em particular as dos esturjões dos mares Cáspio, Negro e de Azove), depois de serem salgadas, tornam-se o caviar ⑭: um aperitivo caro e sofisticado e que é o carro-chefe das zakuski russas.

O PARAÍSO DOS PIEROGI

▸ As massas recheadas, em suas múltiplas variedades e formas ⑦⑬⑮, integram há séculos o cardápio russo. Podem ser assadas ou cozidas e de recheio doce ou salgado.

▸ As mais conhecidas são os **pelmeni** (lê-se "pilmínhi"), uma espécie de ravióli russo, recheado com carne e servido com creme de leite e endro ou em ensopados.

▸ Chegaram à região europeia da Rússia a partir da fria e longínqua Sibéria, onde o congelamento era uma forma natural de conservar alimentos.

PEQUENOS SÓIS

▸ Há mais de mil anos, os antigos habitantes do que hoje é a Rússia celebravam a chegada da primavera com a Maslenitsa, um festival em que, para se despedir do inverno, comia-se **blini** ⑫ (panquecas de farinha de trigo-sarraceno, com formato e cor associados ao Sol).

▸ Hoje, a Maslenitsa é um feriado ortodoxo celebrado antes da Quaresma. E os blinis, doces ou salgados, continuam populares. Porém, agora são mais comuns os de farinha de trigo ou centeio, consumidos nas mais variadas ocasiões.

Os russos chamam o caviar de ikra (lê-se "icrá"), que significa literalmente "ovas". O termo "caviar", usado em várias línguas, veio do persa.

BLINI
panquecas de trigo-sarraceno
repouso da massa: 🕐 1 h
preparo: 🕐 30 min; 15–20× 🥞

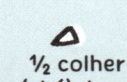

Ingredientes:
- ½ copo de farinha de trigo (65 g)
- 1 copo de farinha de trigo-sarraceno (140 g)
- ½ colher (chá) de sal
- 2 colheres (sopa) de manteiga (30 g)
- 1 ¼ de copo de leite (320 ml)
- 1 pacotinho de fermento instantâneo (7 g)
- ¼ de colher (chá) de açúcar refinado
- 1 ovo
- óleo vegetal

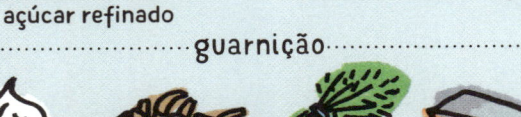

guarnição
- creme de leite fresco
- cebola refogada
- endro
- salmão defumado
- ou outros acompanhamentos

1 Numa tigela grande, misture as farinhas e o sal e, numa panela, derreta a manteiga.

2 Aqueça o leite (não pode ficar muito quente) e dissolva nele o fermento e o açúcar. Cubra com um pano e reserve por 10 min.

3 Na tigela com as farinhas, acrescente a manteiga derretida, o leite e a gema do ovo (reserve a clara). Misture bem, cubra com um pano e reserve por 1 h para crescer.

4 Bata a clara em neve e, com uma espátula, incorpore-a suavemente à massa.

5 Numa frigideira, aqueça o óleo. Com uma colher, despeje um pouco da massa e doure os blini dos dois lados. Sirva quente com os acompanhamentos de sua preferência.

Sasha prepara montes de blini para comer com a esposa Anna enquanto veem TV.

UMA IGUARIA ANTIGA

▸ O **kisel** (lê-se "quissêl") de nossos dias é uma sobremesa gelatinosa feita de calda de fruta engrossada com fécula de batata. Hoje, é bem doce; mas nem sempre foi assim.

▸ Antigamente, era um prato azedo feito de cereais fermentados ("kisel", em russo, significa "azedar" ou "fermentar"), que eram então cozidos e triturados, formando um mingau.

▸ Reza a lenda que, há mais de mil anos, o kisel feito com restos de grãos ajudou os habitantes de Belgorod Kievsky, sitiada pelos nômades pechenegues, a sobreviverem ao cerco do exército inimigo.

KISEL

⏱ 25 min; 4×🥤

- 4 copos de água (1 L)
- 500 g de frutas frescas ou congeladas
- 4 colheres (chá) de açúcar (48 g) (ou a gosto)
- 4 colheres (sopa) de fécula de batata (100 g) (ou mais, se quiser mais grosso)
- ½ colher (chá) de essência de baunilha (opcional)

1 Lave ou descongele as frutas e, numa panela, cozinhe-as em 3 copos de água por 10 min, até começarem a desmanchar. Passe o conteúdo por uma peneira e descarte a polpa. Adoce a calda, mexendo até dissolver o açúcar, e leve-a ao fogo para ferver (se quiser, adicione a essência de baunilha).

2 Dissolva a fécula de batata em 1 copo de água fria e, aos poucos, despeje-a na calda de frutas, mexendo sempre. Cozinhe mais alguns minutos em fogo baixo. Se preferir o kisel mais grosso, adicione mais fécula de batata previamente dissolvida em água.

3 Depois de cozido, despeje o kisel em taças ou copos. Sirva gelado.

Nastia adora kisel bem grosso.

Tá pronto? *Quase.*

CENTEIO REFRESCANTE

▸ Nas línguas eslavas, **kvass** (lê-se "quivás") significa "bebida fermentada". Costumava ser feito de farinha ou pão de centeio*, com malte ou levedura, açúcar e, às vezes, ingredientes aromáticos (canela ou ervas) e frutas. Há versões com e sem álcool, e seu sabor agridoce lembra o da cerveja.

▸ Na Rússia medieval, o kvass era consumido por todos, camponeses e aristocratas. Hoje não é tão popular, mas pode ser encontrado na Rússia e em outros países da Europa Oriental.

* Mais sobre o centeio na p. 61.

1. torrar o pão
2. deixar de molho em água quente
3. coar
4. acrescentar açúcar (ou mel) e fermento
5. deixar fermentar
6. beber

OH, INVERNO CRUEL!

▶ Os longos e gélidos invernos costumavam ser uma verdadeira provação para os russos mais pobres. O que os salvava da fome eram as **raízes**, os **tubérculos** e o **repolho**, alimentos nutritivos, resistentes ao frio e fáceis de armazenar e de fermentar.

REPOLHO 6
Cultivado há mais de 2 mil anos, o repolho era, no início, uma bola pequena. Porém, por meio da seleção dos maiores e melhores exemplares, tornou-se, ao longo dos séculos, um colosso que pode pesar mais de 10 kg. Na Rússia, costuma-se usá-lo para fazer conserva (chucrute) 11 e kapuśniak, uma sopa bem nutritiva.

BETERRABA 5
A beterraba mais conhecida é redonda e vermelha. No entanto, seu ancestral, que crescia na Europa e na Ásia, era esguio e amarelado.

COLZA 2
Também conhecida como rutabaga, é uma prima do nabo e do repolho, mas de sabor mais suave. É popular também na Escandinávia e na Grã-Bretanha.

NABO 3
Apesar de sua aparência discreta, essa planta foi das primeiras a serem cultivadas pelo ser humano para consumo das raízes. Ao longo da história, tem sido plantada e consumida nas mais variadas regiões do mundo: da Roma clássica ao Japão Imperial. Antigamente, na Rússia, os nabos cozidos acompanhavam todos os pratos, até serem substituídos pelas batatas.

BETERRABA-SACARINA 4
Cerca de ¼ de todo açúcar produzido no mundo vem da beterraba*. Foi Karl Franz Achard quem, em 1801, inaugurou na Baixa Silésia a primeira usina de açúcar de beterraba, depois de ter desenvolvido um método para produzi-lo industrialmente.

* Sobre o açúcar de cana, ver p. 27.

RAIZ-FORTE 1
Pode não parecer, mas a raiz-forte pertence à família do repolho. Também conhecida como rábano-rústico, é cultivada desde a Antiguidade e usada como condimento. A raiz tem um odor neutro, mas, assim que se começa a ralá-la, uma forte sensação picante se alastra pelos olhos e pelo nariz.

HUNGRIA

A CAVALO E COM PIMENTÕES

- Os ancestrais dos húngaros vieram da Ásia, do outro lado dos Montes Urais. Há mais de mil anos, ocuparam a grande planície panônia ❶ e, ao longo de um século, dedicaram-se aos saques e às incursões militares. Em 1001, Estêvão I, o primeiro rei da Hungria, introduziu ali o cristianismo.
- As vastas planícies eram ideais para a pastagem de gado e de cavalos ❺, e o clima ameno favoreceu a agricultura. Hoje, quase todas as estepes foram convertidas em áreas de cultivo agrícola, mas as raízes pastorais dos húngaros transparecem em sua culinária, rica em carnes e laticínios, além de elementos provenientes de outras culturas.
- Nos séculos seguintes, a Hungria se tornou uma potência. De terras longínquas chegavam muitos estrangeiros, que, com suas iguarias, enriqueceram a gastronomia local. A era da prosperidade se encerrou em 1526, com o início da ocupação turca ❿, que durou quase 200 anos. Os invasores, porém, trouxeram consigo o pimentão ⓫, que se tornou o condimento favorito dos húngaros.
- Quando o Sultão Mustafá II ⓬ foi derrotado, o poder passou às mãos dos Habsburgo ⓭ e a Hungria passou a integrar um império multicultural. Seus habitantes viajavam, negociavam e banqueteavam livremente ⓯. Além disso, recebiam muitos estrangeiros, com quem gostavam de trocar receitas.
- Após a Primeira Guerra Mundial, a Hungria perdeu dois terços de seu território, e países como Romênia, Eslováquia, Sérvia, Ucrânia e Áustria se tornaram o lar de muitos húngaros. Por isso, é comum encontrar nesses lugares vários pratos tradicionais da Hungria, agora populares em toda a região.

LECZÓ, lê-se "Létcho"

⏱ 50 min; 3× 🍲

Ingredientes:
- 1 colher (sopa) de banha (ou algumas colheres de óleo vegetal)
- 2 cebolas médias
- 2 colheres (chá) de páprica doce ou picante (ou misturadas)
- 4 pimentões de cores variadas 
- 1 colher (chá) de açúcar
- 1 ½ colher (chá) de sal
- 3 tomates médios (ou 1 lata de tomates pelados) 
- 250 g de linguiça (opcional)
- pimenta

receita do bisavô András → Peter, o avô → Tamás, o pai → sr. László

1 Se for usar tomates frescos, escalde-os com água fervente, tire a casca e corte em pedaços grandes. Fatie os pimentões, as cebolas e a linguiça (se for usar) em tiras finas.

2 Numa panela, aqueça a banha (ou o óleo) e refogue a cebola até dourar.

3 Acrescente a páprica e frite mais 1 min, mexendo vigorosamente.

4 Adicione os pimentões, o açúcar e o sal e frite em fogo médio por 20 min, até os pimentões ficarem macios.

5 Acrescente os tomates e a linguiça e cozinhe por 10-15 min, revolvendo de vez em quando para evaporar um pouco do caldo. Os tomates não devem cozinhar até se desmanchar.

6 Tempere a gosto com sal e pimenta moída na hora. Sirva com pão.

O gulache é um famoso guisado húngaro feito com carne, cebola e pimentões. Curiosamente, porém, na Hungria esse prato é conhecido como pörkölt ⑲.

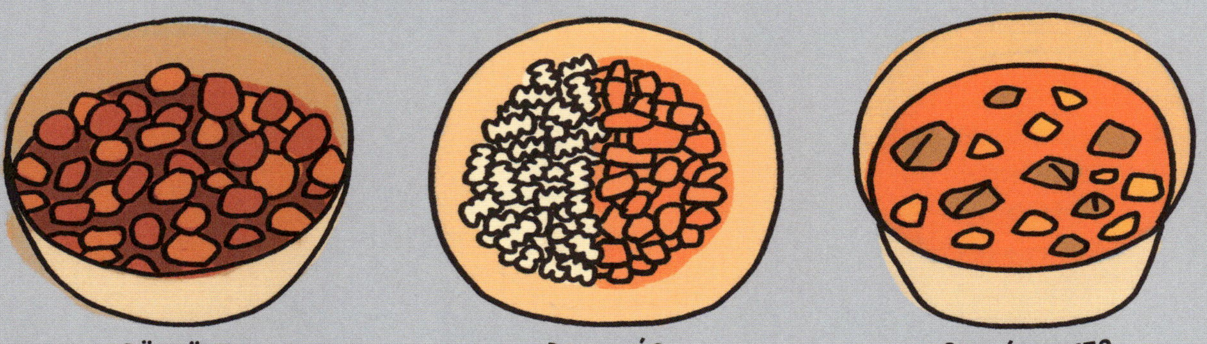

PÖRKÖLT
(lê-se "Porcólt")

PAPRIKÁS
(lê-se "Pohpricásh")

GULYÁSLEVES
(lê-se "Güiásh-levésh")

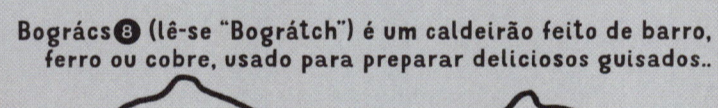

Bogrács ⑧ (lê-se "Bográtch") é um caldeirão feito de barro, ferro ou cobre, usado para preparar deliciosos guisados..

Usado para fazer halászlé (lê-se "roláshli", sopa de peixe): tem o fundo mais largo.

O de gulache é mais largo na borda.

DIRETAMENTE DO CALDEIRÃO

▸ Tudo começou com o pastoreio nas estepes. Em húngaro, **csikós** ③ (lê-se "tchicôsh") quer dizer "pastor de cavalos"*. Já **gulyás** ④ (lê-se "güiásh") significa "pastor de gado" e, hoje em dia, também o prato conhecido mundialmente como gulache ou goulash.

▸ Antigamente, os pastores levavam consigo um **bogrács**, usado para cozinhar carne ou peixe ⑧ (mais tarde, foram incorporados os pimentões). Os pedaços de carne desossados eram empanados e lançados à banha quente, o que lhes dava um leve sabor de queimado. Por isso, na Hungria, esse tipo de guisado é chamado de **pörkölt** ⑲ (significa "torrado"). Já o gulache é um ensopado de pedaços de carne ainda com osso (cujo tutano ajuda a engrossar o caldo), batatas ou massas ⑱ e, claro, pimentões.

▸ A **paprikás** é uma variação desse prato preparada com creme azedo ⑦. Já o **gulyásleves** é a "sopa do pastor", com batatas e outros vegetais (provavelmente vem daí o nome do prato usado mundo afora: gulache).

* Hoje é possível vê-los no Parque Nacional Hortobagy. São cavaleiros ② excepcionais que vivem de acordo com os costumes antigos.

SALAME MOFADO

▸ Nenhum fã de salames resiste ao famoso **téliszalámi** ⑥ ⑳ (lê-se "têli-salami"). Em húngaro, "tél" significa "inverno", estação em que esse embutido* é tradicionalmente produzido.

▸ O salame era ligeiramente defumado e, depois, pendurado ao ar livre, no frio, durante meses, até secar, fermentar e... cobrir-se de mofo. Trata-se de um fungo comestível que envolve o embutido como uma casca branca, impedindo o desenvolvimento de bactérias tóxicas e dando à carne um sabor peculiar.

Antigamente, o téliszalámi era feito de carne de burro, mas ficou tão popular que esses animais se tornaram escassos. Hoje o embutido é feito da carne do porco mangalica ⑨ (cruzamento de javali com porco doméstico, que resultou nesse suíno peludo).

Antes você que eu!

* Os embutidos podem ser feitos de carne ou de outros produtos. A hurka ⑰, por exemplo, é uma salsicha de arroz com sangue ou fígado de porco.

sultão Mustafá II

Leopoldo I, da casa de Habsburgo

MEGGYLEVES, lê-se "Mégui-levésh"
sopa de cerejas

⏱ 30 min: 4×

- 1 copo de creme de leite fresco (250 ml)
- 1 colher (sopa) de farinha de trigo
- creme chantili para decorar (opcional)
- 1 kg de cerejas (frescas e descaroçadas ou descongeladas)
- 6 copos de água (1 ½ l)
- 6 colheres (sopa) de açúcar
- uma pitada de sal
- 4 cravos
- casca de limão
- 1 pau de canela

Tradicionalmente, a receita leva cerejas inteiras. Porém, é mais cômodo tomar a sopa com as frutas descaroçadas.

As sopas de frutas são muito populares no Leste e no Norte da Europa. Podem ser feitas com qualquer fruta (fresca ou seca). São servidas quentes ou frias, complementadas com creme de leite ou massas.

Se você não tem um descaroçador, pode usar um canudo rígido e uma garrafa... 
Coloque a cereja na boca da garrafa. Empurre o caroço com o canudo.

... ou um clipe de papel
Forme a letra S com o clipe. Afunde o clipe na cereja e enganche o caroço. Puxe o caroço para fora.

Durante séculos, acreditou-se que Colombo tinha sido o primeiro europeu a chegar à América. Mas é provável que ele tenha sido precedido pelo viking Leif Eriksson quase 500 anos antes.

Mais sobre Eriksson na p. 56.

1 Em 1492, Cristóvão Colombo aportou nas ilhas caribenhas e teve contato com os indígenas. Ele acreditava ter chegado à Ásia.

2 Colombo retornou à Espanha levando ouro, pérolas, abacaxis, perus, pimentões, redes e alguns indígenas.

CARIBE

DOCE E ORNAMENTAL

▶ O pimentão é o vegetal favorito dos húngaros. Depois de ser seco ao ar livre ⑮ e triturado, torna-se a páprica, um ingrediente essencial de embutidos ⑯, sopas, molhos, gulache ⑲ e até de alguns bolos, dando aos alimentos um sabor levemente adocicado e um tom avermelhado.

▶ O pimentão cru compõe saladas e sanduíches. Também é usado em conservas ou em guisados de carne ou de legumes*.

*Veja a receita de leczó na p. 72.

ÁUSTRIA-HUNGRIA

2 Em uma caneca, misture o creme de leite com algumas colheres da sopa quente. Adicione a farinha e misture bem para não formar grumos.

3 Tire da panela as especiarias e a casca de limão. Despeje a mistura de creme de leite e deixe cozinhar por alguns min em fogo baixo.

1 Despeje as cerejas numa panela, cubra com água e ferva. Adicione o açúcar, uma pitada de sal, as especiarias e a casca de limão. Cozinhe por 15 min.

4 Quando a sopa esfriar, coloque-a na geladeira. Sirva fria (se quiser, decore com chantili).

Experimente a receita favorita da sra. Réki.

3 Os pimentões eram usados para ornamentar jardins de palácios e mosteiros.

EUROPA
OS BÁLCÃS
ESPANHA

6 No início do século XIX, o pimentão se torna o tempero favorito dos húngaros.

4 Pelas rotas comerciais, os pimentões chegaram à África e à Ásia.

Os invasores turcos levaram os pimentões ⓫ para os Bálcãs e para a Hungria. Porém, costumavam cultivá-los apenas para decoração.

5

▸ Durante muito tempo, apenas as variedades picantes eram conhecidas. O pimentão-doce começou a ser cultivado há apenas um século.

▸ Na Hungria, o pimentão é tão popular que há museus e festivais dedicados apenas a esse vegetal.

▸ Acredite se quiser, mas não faz nem 200 anos que o pimentão se tornou símbolo da culinária húngara.

ESPANHA
PORÇÕES DELICIOSAS

- A cozinha espanhola, farta em peixes e frutos do mar, legumes, queijos e embutidos característicos, tem uma história milenar e diversa. Há quase 2.500 anos, fenícios e gregos introduziram ali a azeitona ❶. Alguns séculos depois, os romanos começaram a cultivar uva e a produzir vinho ❷. Após 600 anos, com as invasões bárbaras, os povos germânicos trouxeram consigo novos métodos para fazer cerveja ❸, que já era produzida na região.
- Já os muçulmanos enriqueceram a culinária local, do século VIII ao XV, com amêndoas, cana-de-açúcar, berinjela, melancia, pêssego, gergelim e muitas especiarias ❹.
- Com a retomada da Península Ibérica, em 1492, pelos reis católicos e a ascensão da Santa Inquisição ❺, que abusava da crueldade para defender a fé cristã, os espanhóis buscaram novos territórios. Cristóvão Colombo ❻ trouxe do Caribe iguarias até então desconhecidas na Europa[1]. Hernán Cortés ❼ subjugou os astecas, e Francisco Pizarro ❽ derrotou os incas[2]. A culinária espanhola se espalhou por novos continentes, ao mesmo tempo que incorporava desses lugares novos ingredientes, como batatas e pimentões.

[1] Mais na p. 74. [2] Mais sobre incas e astecas nas pp. 40 e 44.

BOAS CONEXÕES

- A base da **paella** é o arroz, e ela costuma ser preparada numa panela especial. O desenvolvimento do prato se deu ao longo de mais de 2 mil anos. Primeiro, os romanos trouxeram para a Península Ibérica as panelas de metal e, 900 anos depois, os muçulmanos trouxeram o arroz.
- A versão mais famosa é a de Valência, feita com arroz, açafrão (outra contribuição muçulmana), carne, vagem, ervilha, caracóis (opcional), tomate, pimentão e, às vezes, alecrim.
- A grande panela de paella leva os cozinheiros a preparar porções enormes do prato, que, por isso, é ideal para ser saboreado em família ou em reuniões de amigos.

O nome "paella" vem do termo latino para "panela": "patella". Há panelas de paella que chegam a ter 50 cm de diâmetro ou mais.

TORTILLA* DE PATATAS
tortilha de batatas
⏱ 50 min; 4×

Ingredientes:
- 900 g de batatas
- 1 cebola 
- ¾ de copo de azeite de oliva (190 ml) ou óleo vegetal 
- 1 colher (chá) de sal
- 8 ovos 

* Não confunda com a tortilla mexicana (p. 42.)

Alejandro tem medo de virar a tortilha na panela, por isso sempre usa um prato.

1 Descasque as batatas e corte-as em rodelas finas. Pique a cebola.

2 Numa frigideira de 25 cm de diâmetro, aqueça o óleo ou o azeite e então adicione as batatas, as cebolas e o sal.

3 Com a frigideira tampada, frite em fogo baixo por 20 min, até as batatas ficarem macias (mas não douradas). Mexa delicadamente de vez em quando.

4 Bata os ovos em uma tigela grande. Peneire as batatas e a cebola para escorrer o óleo, junte-as aos ovos e misture suavemente.

DEDOS DO MAR

▶ Das rochas banhadas pelas ondas do oceano Atlântico e do mar Mediterrâneo despontam curiosos dedos de quase 20 cm de comprimento, com o que parece ser um monte de unhas na extremidade. Dessa estranha coroa emergem tentáculos que filtram a água em busca de alimento.

▶ Trata-se dos crustáceos **percebes** ㉕, uma das iguarias mais caras do mundo.

Come-se a carne do interior de sua haste.

PROFUNDEZAS ENGANADORAS

▶ Mariscar perceves é extremamente perigoso, pois eles costumam ficar presos a rochas atingidas incessantemente por fortes ondas. Não são raros os acidentes, inclusive fatais, envolvendo aqueles que se arriscam.

▶ Esse é um dos motivos de seu elevado preço. Além disso, há restrições legais que buscam evitar a coleta excessiva e garantir a sobrevivência da espécie.

PORCOS PRETOS

▶ A forma de preparar o "jamón serrano", famoso presunto espanhol, é a mesma há mais de 2 mil anos. A carne é coberta com sal e posta para secar ao ar livre por alguns meses e, depois, curada ao longo dos meses seguintes.

▶ A variedade mais apreciada é o **jamón ibérico** ⑭, feito da carne do porco preto ibérico. Acredita-se que a origem selvagem desse animal explicaria seu sabor característico. Por isso, muitos criadores deixam os bichos correrem soltos pelos bosques, onde comem o que mais gostam: ervas e bolotas.

5 Limpe a frigideira e aqueça algumas colheres de azeite ou de óleo. Despeje a mistura de batatas e ovos e, com a frigideira tampada, frite em fogo baixo por 15 min.

6 Quando as bordas da tortilla estiverem douradas e a parte de cima começar a endurecer, cubra a frigideira com um prato grande e vire-os vigorosamente. Em seguida, deslize a tortilla de volta para a frigideira e frite por mais 5 min. Sirva quente ou fria (como aperitivo).

QUE CALOR!

▶ Para os dias de calor, não há nada melhor que bebidas refrescantes e petiscos frios. Por isso os habitantes da Andaluzia, no sul da Espanha, adoram gazpacho⓭, uma sopa fria de vegetais crus e pão amanhecido, temperada com azeite, vinagre e alho*.

▶ Embora a receita moderna tenha apenas uns 200 anos, na Idade Média já se consumia um prato semelhante. Como os tomates e os pimentões só chegaram à Europa muito mais tarde, a versão antiga era preparada com pão, alho, amêndoas, azeite e vinagre. Esses são os mesmos ingredientes do ajoblanco⓳ (literalmente "alho branco"), outra sopa fria popular nessa região até hoje.

▶ Atualmente, toda sopa fria pode ser chamada de "gazpacho".

*Receita abaixo.

COMER SEM PRESSA

▶ Às vezes, quando temos muita fome e pouco tempo, compramos algo pelo caminho e devoramos rapidamente. Esse é um dos jeitos mais certeiros de conseguir uma indigestão.

▶ É muito mais agradável almoçar com calma, junto dos amigos, e depois conversar tranquilamente, acompanhado de café e licores.

▶ Na Espanha, esse alegre ritual de relaxar depois de uma refeição se chama **sobremesa**. Outros países fariam muito bem em adotá-lo.

GAZPACHO DA ANDALUZIA⓭

AJOBLANCO⓳

SALMOREJO㉖
Proveniente de Córdoba, é feita com tomates, alho, azeite de oliva e pão.

GAZPACHO DE ABACATE㉕

GAZPACHO DE MELÃO㉙

GAZPACHO DE MELANCIA⑫

GAZPACHO
sopa fria de tomate
preparo: 20 min;
resfriamento: 1 h; 4×

- 100 g de pão branco
- 1 kg de tomates maduros
- ½ pepino fresco
- 1 pimentão
- 1 cebola pequena
- 1 dente de alho
- 3-4 colheres (sopa) de azeite de oliva
- 3 colheres (sopa) de vinagre de vinho
- sal e pimenta

complementos: tomates, pimentão, pepino fresco, ovos cozidos

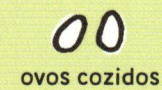

1 Pique o pão. Se estiver duro, umedeça-o e reserve até amolecer.

2 Triture os tomates, o pepino, o pimentão, a cebola e o alho. Acrescente o pão (depois de escorrer), o azeite e o vinagre e bata novamente. Tempere com sal, pimenta e, se necessário, mais azeite e vinagre.

3 Coe o gazpacho. Se estiver muito espesso, adicione um pouco de água. Sirva frio junto com os complementos de sua preferência (já picados).

Sofia prepara a receita de gazpacho da avó.

BOCADINHOS

▶ A melhor maneira de provar as especialidades espanholas são as tapas: aperitivos frios ou quentes servidos em pequenas porções.

▶ As tapas são muito populares, mas não costumam ser preparadas em casa. São servidas em bares, acompanhadas de vinho ou de outras bebidas.

▶ Não se trata apenas de comer. O que conta é encontrar amigos e conhecer gente. A peregrinação por bares, em busca das tapas perfeitas, é um costume chamado de **tapeo**.

JAMÓN IBÉRICO 14

AZEITONAS 15
Podem ser puras ou recheadas.

NAVALHAS 22
Estes moluscos costumam ser preparados na chapa.

POLBO Á FEIRA 24
Polvo cozido

PERCEBES 25
São consumidos depois de cozidos.

CROQUETES 27
Massa de farinha de trigo, com carne, peixe, queijo ou legumes, frita em óleo.

TORTILLA DE PATATAS 30

CARACÓIS 18

BOTIFARRAS 9
Linguiça catalã.

CALAMARES 10
Anéis de lula fritos.

HUEVOS ESTRELLADOS 16
Ovos fritos com complementos variados.

PATATAS BRAVAS 20
Batatas cozidas, depois fritas e então cobertas com molho picante.

COJONUDO 28
Pão com uma fatia de chouriço picante e, por cima, um ovo frito.

PESCAÍTO FRITO 17
Pequenos peixes empanados e fritos em óleo abundante.

LA BOMBA 21
Massa de batata com diversos recheios e frita em óleo abundante.

BOQUERONES EN VINAGRE 11
Anchovas marinadas em vinagre com alho e salsinha.

FRANÇA
LIDERANDO A REVOLUÇÃO

Carlos VI, o Louco · Luís XIV · Madame Pompadour · Luís XV · Guillaume Tirel · François Pierre de la Varenne · François Massialot · Vincent La Chapelle

- França, uma palavra que evoca uma avalanche de associações: alpes cobertos de neve, belas praias, museus repletos de tesouros, grandes vinhedos, catedrais, castelos e mosteiros medievais. Paris: para muitos, a capital cultural da Europa, sinônimo de uma gastronomia sofisticada. A que se deve tal reputação?
- Provavelmente ao fato de os franceses acreditarem que comer deve ser um prazer. A França é um país de clima ameno e paisagem diversa, e seus habitantes sempre souberam aproveitar a variedade de ingredientes provenientes de seus campos, florestas, montanhas e do mar.
- Essa paixão pela comida produziu **grandes chefs**, tão respeitados na França quanto intelectuais e artistas. Sem medo de romper com o passado, esses chefs pesquisam incessantemente novas experiências culinárias.
- Hoje a culinária sofisticada está presente no mundo inteiro, mas os grandes êxitos franceses continuam a ser uma fonte inesgotável de inspiração para as novas gerações de cozinheiros.

EQUIPE ENTROSADA

- chef de cuisine (responsável geral)
- saucier (molhos)
- poissonier (peixes e frutos do mar)
- entremetier (sopas e pratos sem carne)
- pâtissier (sobremesas)
- brigada de cozinha

- O **chef de cuisine**, geralmente chamado apenas de "chef", é quem cria os pratos, elabora o cardápio e supervisiona o trabalho de toda a equipe.
- A cozinha de um restaurante é bastante movimentada e, por isso, todos precisam saber exatamente o que têm de fazer. O famoso chef **Georges Auguste Escoffier** ❼ desenvolveu uma hierarquia que organiza as **brigadas de cozinha** ❻ em estações nas quais cada pessoa é responsável por uma tarefa específica.

ESTRELAS DE SUCESSO

excepcional: merece uma visita especial · excelente: vale a pena desviar o trajeto para conhecer · ótimo: comida muito boa

- Um dos escritores que exaltaram o prazer de comer bem foi **Jean Anthelme Brillat-Savarin** ❸, que viveu em Paris no século XVIII.
- Seus ensaios bem-humorados lançaram as bases da **crítica culinária**: a avaliação dos pratos servidos nos restaurantes.
- A mais famosa publicação que reúne esse tipo de avaliação é o Guia Michelin*, editado desde 1904. Conseguir uma menção (mesmo que apenas com uma estrela) nesse livrinho já é um grande êxito para um estabelecimento.

* A Michelin é uma fabricante de pneus francesa. Começou a publicar seus guias quando os carros eram uma novidade. A princípio, o objetivo da publicação era incentivar as pessoas a viajar, pois quanto mais se deslocavam, mais pneus gastavam.

BECHAMEL ❷
Roux (farinha de trigo cozida na gordura) com leite.

MOLHO DE TOMATE
Tomates e cebola cozidos em azeite de oliva.

MOLHO VELOUTÉ
Roux com caldo de carne.

MOLHO HOLANDÊS
Gemas batidas com suco de limão ou vinho branco e manteiga derretida.

MOLHO ESPANHOL
Roux com caldo de carne, tutano e purê de tomate.

MOLHO ALEMÃO
Tirado da lista. Trata-se do molho velouté misturado com gemas e creme de leite.

FUNDAMENTOS LÍQUIDOS

- A culinária francesa dispõe de tantos molhos que é difícil conhecer todos. Muitos, porém, têm uma base comum. Por isso, o chef Carême ❹ os dividiu em quatro tipos, dos quais derivam todos os demais.
- Anos mais tarde, o famoso chef Auguste Escoffier retirou um dos molhos desse rol e lhe acrescentou outros dois, criando uma lista de 5 molhos básicos ❺.

DOCES PALÁCIOS

▸ Entre os chefs franceses mais famosos há muitos personagens extraordinários, como **Marie-Antoine Carême** ❹, nascido em Paris no fim do século XVIII.

▸ Carême vinha de uma família pobre e, abandonado pelos pais, começou, ainda criança, a trabalhar como ajudante de cozinha num restaurante barato.

▸ Mais tarde, tornou-se aprendiz de Sylvain Bailly, um famoso confeiteiro parisiense. Nessa mesma época, começou a se encantar pela arquitetura e passou a fazer bolos com formato de edifícios famosos. Depois, criou seu próprio estilo de apresentação de pratos.

▸ Após anos de trabalho duro, tornou-se um mestre inquestionável e chegou a cozinhar para Napoleão I, George IV, da Grã-Bretanha, e até para o tsar Alexandre I, que o convidou para ir a São Petersburgo.

▸ É considerado o criador da alta gastronomia, ou **haute cuisine** (lê-se "Ôt cüsín"), que se distingue pelas técnicas culinárias sofisticadas aliadas a ingredientes seletos, apresentação impecável e preços elevados.

CROQUE MONSIEUR
misto-quente gratinado: ⏱ 30 min; 5× 🍞
———— molho bechamel ————

- 1 copo de leite (250 ml)
- 40 g de manteiga
- 2 colheres (sopa) de farinha de trigo (20 g)
- 1 pitada de noz-moscada
- sal
- 1 pitada de pimenta-branca (opcional)
- 140 g de queijo gruyère (ou outro queijo que derreta bem)
- 10 fatias de pão de forma
- 5 fatias de presunto
- mostarda de Dijon

1 Molho bechamel: em uma panela pequena, aqueça o leite e, em outra, faça o roux: derreta a manteiga e vá adicionando aos poucos a farinha, mexendo vigorosamente com um batedor. Cozinhe por 1 min até começar a borbulhar.

2 Adicione lentamente o leite morno ao roux, mexendo sem parar. Cozinhe em fogo baixo por 5 min, mexendo sempre. Tempere com noz-moscada, sal e pimenta-branca (opcional).

3 Preaqueça o forno a 180°C e rale o queijo com um ralador de furos grandes.

4 Doure o pão no forno. Separe 5 fatias de pão e, sobre cada uma, coloque um colher (sopa) de molho bechamel, uma fatia de presunto, um pouco de mostarda, um punhado de queijo ralado. Cubra com as outras fatias de pão e, por cima delas, espalhe quantidades generosas de molho bechamel e o restante do queijo.

5 Ponha os sanduíches em uma assadeira revestida com papel-manteiga e asse por 7-9 min. Corte em triângulos e sirva quente.

Marlene Dietrich, atriz
Charles de Gaulle, presidente da França (1959–1969)
Valéry Giscard d'Estaing, presidente da França (1974–1981)
Anne-Aymone Giscard d'Estaing, primeira-dama
Marie Bourgeois
Eugénie Brazier
Georges Auguste Escoffier
Paul Bocuse

MILLE-FEUILLE, lê-se "Mîl–féiê"
doce mil-folhas ①
⏱ 1 h; 6×

creme
- 1 copo de leite (250 ml)
- 1 vagem de baunilha (ou 1 colher [chá] de essência)
- 5 ovos
- 2 colheres (sopa) de açúcar
- 1 colher de sopa de farinha de trigo
- 1 colher (sopa) de fécula de batata
- 300 g de massa folhada congelada
- 2 colheres (sopa) de açúcar (para polvilhar a massa)

para decorar
- 6 colheres (sopa) de açúcar
- 1 colher (sopa) de água
- cacau em pó

Os confeiteiros mais habilidosos decoram o mil-folhas com desenhos de chocolate

! Um dia antes de preparar a receita, tire a massa do congelador e deixe na geladeira.

1 Despeje o leite na panela. Abra a vagem de baunilha, tire as sementes, coloque-as no leite junto com a vagem e leve a panela ao fogo. Separe as gemas dos ovos (as claras não serão usadas nesta receita). Em uma tigela, misture bem as gemas, o açúcar, a farinha e a fécula.

2 Retire a vagem de baunilha do leite e, aos poucos, despeje-o na mistura de gemas, mexendo o tempo todo. Devolva esse creme à panela e cozinhe em fogo baixo por alguns minutos, sem deixar de mexer, até engrossar.

3 Passe o creme para uma tigela e cubra com papel-alumínio, de modo que fiquem em contato (isso evita que se forme uma casca). Deixe esfriar.

4 Preaqueça o forno a 200ºC. Abra a massa em uma superfície enfarinhada e corte-a em 18 retângulos iguais (eles não cabem todos em uma assadeira, então faça duas fornadas).

5 Em uma assadeira com papel-manteiga, disponha 9 retângulos. Fure-os com um garfo e polvilhe com uma pitada de açúcar. Cubra com papel-manteiga, coloque outra assadeira por cima (assim a massa não cresce) e asse dessa forma, em duas fornadas, por 15-20 min, até a massa ficar dourada. Depois, deixe esfriar.

6 Espalhe metade do creme sobre 6 retângulos, cubra-os com os outros 6, espalhe sobre eles o restante do creme e cubra com uma última camada de massa.

7 Misture o açúcar e a água para fazer a cobertura. Pincele essa calda sobre a última camada de massa e polvilhe cacau por cima.

Chloé prepara um mil-folhas uma vez por mês e come a metade sozinha.

AMANTEIGADO E MACIO

▸ O **croissant** (lê-se "croassân") é um pão em formato de meia-lua, feito de massa fina e amanteigada, e que, assim como a baguete, é um símbolo do desjejum francês. Sua origem é cercada de mitos, mas a receita contemporânea foi criada há pouco mais de um século.

▸ A textura é produzida pela técnica de **laminação**, que consiste em abrir e dobrar várias vezes a massa com manteiga, criando várias camadas.

▸ Ao assar os croissants, a manteiga derrete, deixando vazios que se enchem de ar quente. Depois de prontos, dá pra ver, a cada mordida, as finas camadas que compõem a massa.

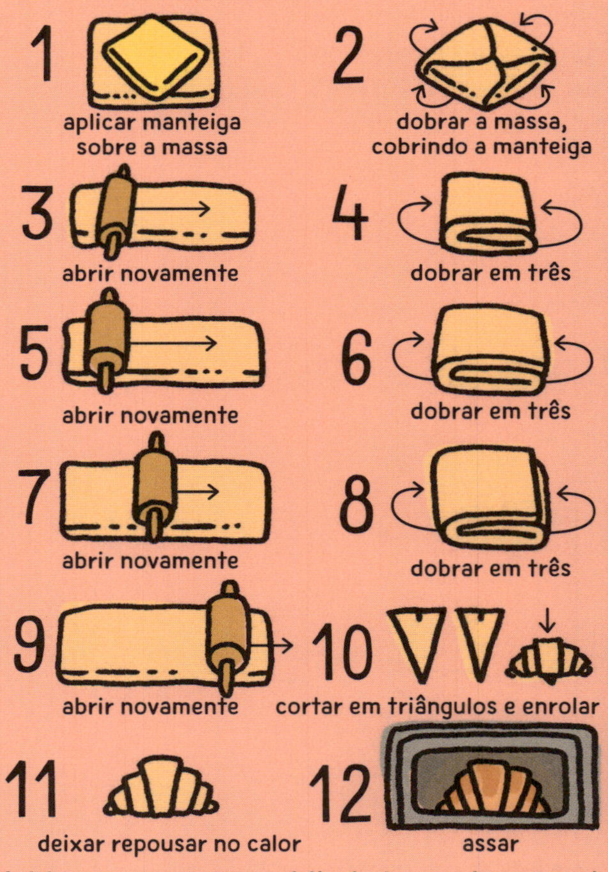

1. aplicar manteiga sobre a massa
2. dobrar a massa, cobrindo a manteiga
3. abrir novamente
4. dobrar em três
5. abrir novamente
6. dobrar em três
7. abrir novamente
8. dobrar em três
9. abrir novamente
10. cortar em triângulos e enrolar
11. deixar repousar no calor
12. assar

A diferença para a massa folhada é que a do croissant leva fermento. De resto, ambas são produzidas com a técnica de laminação com manteiga, o que as deixa leves e saborosas (embora extremamente calóricas).

83

Charlene Grimaldi: princesa de Mônaco
Albert II Grimaldi: príncipe de Mônaco
Alain Ducasse
Alain Passard
Anne-Sophie Pic
Hélène Darroze
Pierre Hermé

PARAÍSO DOS QUEIJEIROS

▶ A França é famosa também por seus excelentes queijos, que podem ser servidos como petiscos ou, nas refeições, como complementos de sopas, saladas, pratos principais ou mesmo na sobremesa.

▶ Ali são produzidos queijos com leite de vaca, ovelha e cabra, que podem ser duros ou macios, frescos ou maturados. As variedades são tantas que poderíamos comer um queijo diferente por dia ao longo do ano todo.

CAMEMBERT (lê-se "camembér")

Um queijo coalho com crosta aveludada e mofada. É tão frágil que tem de ser vendido em caixas de madeira.

MUNSTER (lê-se "mãstér")

Queijo macio, de aroma intenso e sabor levemente picante.

BRIE (lê-se "bri")

Este queijo, de crosta branca e conhecido desde a Idade Média, tem textura quase cremosa. Sua fabricação é semelhante à do camembert.

ROQUEFORT (lê-se "roquefór")

Queijo mofado, produzido há quase 2 mil anos e maturado em cavernas de calcário perto da comuna de Roquefort-sur-Soulzon.

MIMOLETTE

Envolto por uma casca acinzentada, dura como pedra e corroída por ácaros do queijo, seu interior é alaranjado por levar urucum.

SIMPLES E EFICAZ

▶ O leite é um excelente ambiente para o desenvolvimento de microrganismos que causam doenças e estragam a comida.

▶ A pasteurização impede a reprodução de micróbios nos alimentos, mantendo seu sabor e valor nutricional. Primeiro, os produtos são aquecidos a determinada temperatura; depois, resfriados; e, por fim, embalados a vácuo.

▶ O nome é uma homenagem a seu criador, o químico francês Louis Pasteur (1822-1895), fundador da microbiologia*.

▶ Graças à pasteurização, o leite demora mais para estragar e não transmite doenças perigosas, como a tuberculose.

Louis Pasteur: "O leite estragou de novo."
"Preciso fazer algo a respeito."

BEM COALHADO

▶ Uma maneira de transformar leite em coalho* é adicionando quimosina, uma enzima digestiva presente, por exemplo, no estômago dos bezerros.

▶ Muitos tipos de queijo se valem dela em sua fabricação. Pode ser encontrada também em algumas plantas, mas a versão mais usada atualmente é sintética (fabricada em laboratórios).

* Ciência que estuda os microrganismos responsáveis por doenças infecciosas.

* Veja mais sobre a produção de queijo na p. 65.

ITÁLIA
O PODER DOS INGREDIENTES

- Os governantes da Roma antiga sonhavam dominar o mundo. Primeiro, conquistaram a região que conhecemos como Itália; depois, outras áreas ao redor do Mar Mediterrâneo; finalmente, formaram o poderoso Império Romano.
- Com a queda do império, o território da atual Itália foi dividido em reinos, repúblicas e cidades independentes. A unificação do país ocorreu apenas em 1861.
- Anos mais tarde, os italianos conquistaram de fato o mundo inteiro — não com exércitos, mas com a gastronomia. Hoje, seus pratos e ingredientes estão presentes em todos os cantos do planeta.
- O país se divide em 20 regiões, e cada uma tem tradições culinárias próprias. Por exemplo, no Sul se cultivam tomates, pimentões, alcachofras ㉔ e berinjelas. E ali não faltam peixes nem frutos do mar ⑲. A Sicília é famosa pelas laranjas suculentas e pelo vinho doce. Já nas mesas do Norte predominam as carnes e os laticínios, mas as especialidades locais incluem ainda o risoto ⑳ e a polenta ⑨. A região da Ligúria, por sua vez, se orgulha de seu azeite de oliva ㉓, um dos melhores do mundo.
- Os italianos adoram desfrutar refeições em boa companhia. Os pratos são simples, mas sempre preparados com capricho. As massas ②, com frequência feitas em casa, dependem do molho que vai acompanhá-las. Em média, um italiano come cerca de 27 kg de massa por ano: cozida, assada como lasanha ㉑ ou recheada.
- Graças aos excelentes ingredientes e à simplicidade do preparo, os pratos italianos são famosos no mundo todo. Quem é que não conhece a pizza margherita ㉕, os deliciosos sorvetes ⑫ ou o tiramisù ⑭? E a grande expansão da cozinha italiana continua.

TAGLIATELLE À BOLONHESA
talharim com molho de tomate e carne moída: preparo: 30 min: cozimento: 1 h: 4×

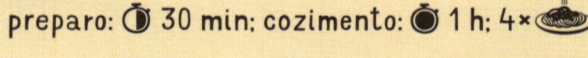

- 1 cebola média
- 2 cenouras pequenas
- 1 talo de aipo
- 70 g de panceta
- 5-6 colheres (sopa) de azeite de oliva
- 500 g de carne bovina moída
- 2 copos de caldo de carne (500 ml)
- 1 lata de tomates pelados (400 g)
- ½ copo de leite (125 ml)
- 3 colheres (chá) de extrato de tomate
- 500 g de talharim
- queijo parmesão para ralar
- sal e pimenta

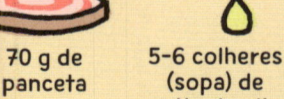

O molho à bolonhesa (da região da Bolonha) é um tipo de ragu (guisado de carne com caldo abundante). Muita gente gosta de combiná-lo com espaguete, mas na Itália isso é visto quase como um pecado mortal.

1 Pique a cebola, a cenoura, o aipo e a panceta em cubos pequenos. Numa panela de fundo grosso, aqueça algumas colheres de azeite e, em fogo médio, frite os legumes com um pouco de sal durante 10 min.

BOLOTAS DE ELITE

- Umas das iguarias mais raras (e caras) são as **trufas** ⑩: fungos subterrâneos* que coexistem com raízes de vários tipos de árvores. Podem ser consumidas cruas ou cozidas, geralmente como complemento de algum prato.
- O cultivo é muito difícil. Por isso, a caça às trufas é bastante popular. Antigamente, para localizá-las eram usados porcos; hoje, são cães ⑥ com treinamento especial para farejá-las.
- Quem encontrar esses tesouros pode fazer uma pequena fortuna, pois alguns quilos de trufa branca podem custar o mesmo que um carro novo.

* Mais informações sobre fungos comestíveis na p. 66.

Há dezenas de espécies de trufas, mas estas são as mais apreciadas:

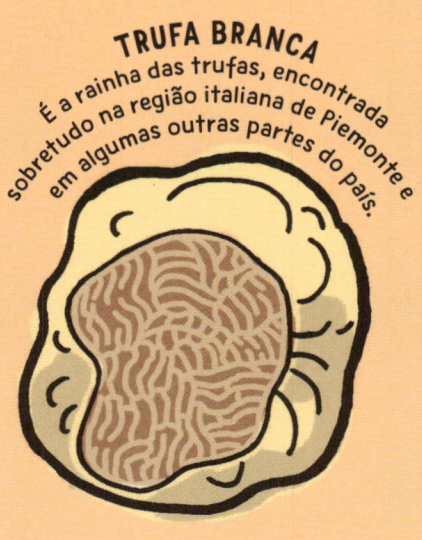

TRUFA NEGRA
Coletada majoritariamente na França, é mais comum e menos aromática que a trufa branca.

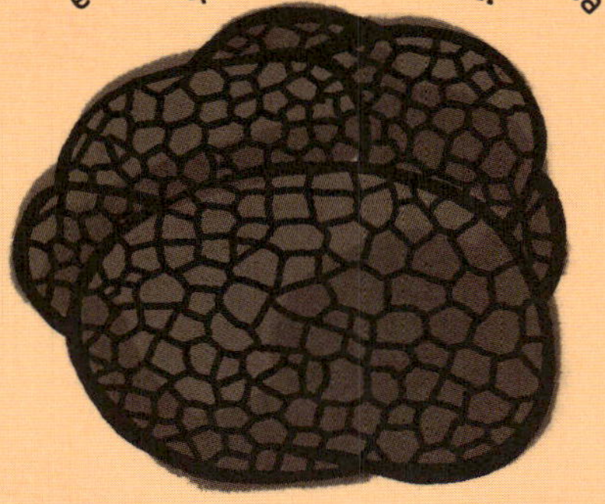

TRUFA BRANCA
É a rainha das trufas, encontrada sobretudo na região italiana de Piemonte e em algumas outras partes do país.

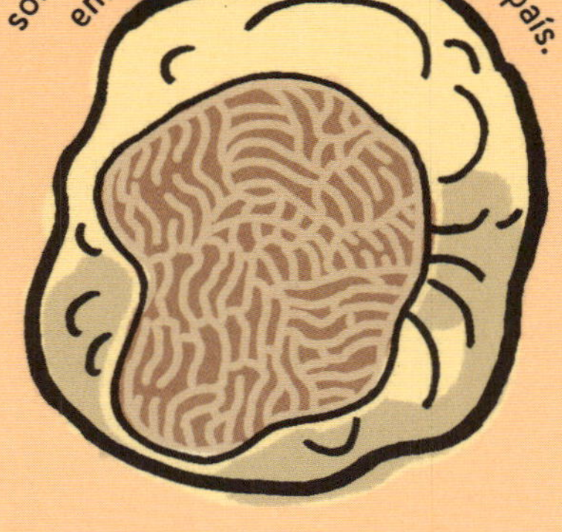

POLPA DE FOLHAS

▶ O **pesto** ❼ de manjericão é um exemplo de molho para massas que é saboroso e simples. Um molho semelhante, à base de de ervas, queijo e alho, já era consumido na Antiguidade. O sabor do pesto depende completamente da qualidade dos ingredientes. Depois de triturar tudo, basta adicionar esse creme verde ao macarrão ainda quente, misturar e pronto!

▶ Mas tenha cuidado, se a massa cozinhar demais ou se o manjericão tiver perdido o aroma, o prato não vai agradar.

MANJERICÃO (Não pode ser cozido, pois fica amargo.) + PARMESÃO / PECORINO SARDO + PINOLIS (Os pinolis são as sementes do pinheiro. A maioria das espécies dessa árvore, mundo afora, dão sementes tão pequenas que não vale a pena tirá-las das pinhas. Por isso os pinolis costumam ser caros.) + AZEITE DE OLIVA + ALHO / SAL =

2 Adicione a carne moída e a panceta e cozinhe até ficarem douradas.

3 Despeje 1 xícara de caldo de carne e cozinhe em fogo alto até reduzir um tanto do líquido.

Dona Leila sempre faz a própria massa de talharim.

4 Acrescente os tomates e o extrato de tomate. Tampe a panela e, em fogo baixo, deixe cozinhar por 1 ou 2 h (mexa de vez em quando).

5 Após 30 min, adicione o resto do caldo de carne. Ao final do cozimento, despeje o leite e deixe no fogo por mais alguns minutos. Então tempere a gosto e desligue o fogo.

6 Depois de cozinhar o macarrão, sirva as porções com o molho, o queijo ralado e a pimenta moída na hora.

ADORADA E APETITOSA

▶ Conta a lenda que certa vez o deus grego Zeus se apaixonou perdidamente por uma mortal chamada Cinara — a ponto de torná-la deusa e levá-la para o Olimpo. A moça, porém, sentindo falta da família, decidiu fugir. Zeus ficou irado e, como castigo, transformou-a em **alcachofra**, uma planta que, além de bela, é muito saborosa (se consumida antes da floração).

▶ Ou talvez Cinara tenha sido desde sempre uma planta, e Zeus, em vez de um deus conquistador, fosse apenas um cozinheiro de mão cheia. Já pensou?

São consumidos o coração da flor e a parte carnuda das folhas no interior dela.

Depois de florir, a alcachofra deixa de ser comestível.

As folhas externas são descartadas.

As alcachofras podem ser cozidas, fritas, assadas, recheadas ㉔ e mesmo marinadas para conserva.

PARA TODAS AS OCASIÕES

▶ Não dá para imaginar a culinária italiana sem os queijos. O país conta com centenas de variedades regionais, e algumas alcançaram tanta fama que se tornaram estrelas da gastronomia internacional.

PARMIGIANO-REGGIANO ❶

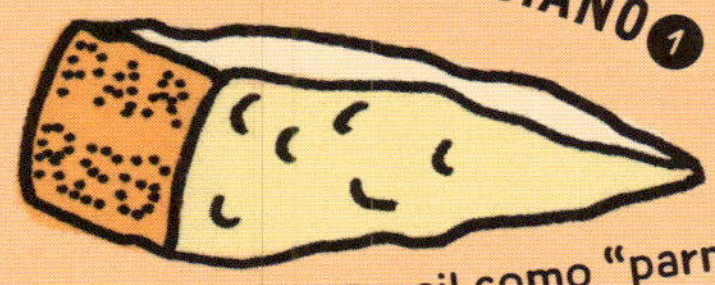

Conhecido no Brasil como "parmesão", esse queijo tem uma história de quase mil anos. É feito de leite de vaca e maturado por, no mínimo, 12 meses.

MOZZARELLA ㉒

Esse queijo macio, originário de Nápoles, é conhecido no Brasil como "mozarela" ou "muçarela". Pode ser feito de leite de vaca, de búfala ou de cabra. É muito frequente nas pizzas, mas também se consome em temperatura ambiente, junto com tomates frescos.

MASCARPONE

É feito de creme de leite de vaca adocicado e com alto teor de gordura. Tem sabor suave e consistência cremosa, razão pela qual é utilizado em molhos e sobremesas, como o famoso tiramisù ⓮.

PECORINO ⓱

Tem sabor mais forte que o do parmesão. É feito de leite de ovelha ("pecora", em italiano).

GORGONZOLA ⓰

Um dos queijos mofados mais tradicionais. O mofo se prolifera nas cavidades formadas em seu interior durante o processo de maturação.

RICOTTA

Queijo delicado feito do soro do leite (o líquido gerado na produção de queijos feitos a partir do coalho*). É fundamental para a preparação de cannoli ❽ ⓯.

* Por exemplo: parmesão, pecorino e mozarela. Veja mais sobre o coalho na p. 83.

PERNAS TORNEADAS

▶ O **prosciutto crudo** ❸ ㉖ (lê-se "proxúdo crudo"), ou seja, "presunto cru", é outro produto italiano de tradição milenar. É feito com as pernas traseiras do porco, que são salgadas e secas ao ar livre, num processo que leva no mínimo 9 meses.

1. alimentação dos porcos (com grãos e soro de leite)
2. adição de sal
3. repouso (ambiente fresco)
4. cura (secagem) inicial
5. aplicação de gordura de porco nas áreas sem pele
6. cura final

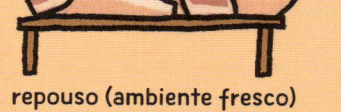

PIZZA MARGHERITA

preparo: 🕐 45 min
forno: 🔥 4 × 15 min: 4 × 🍕

massa
- ¾ de copo de água morna (190 ml)
- 1 envelope de fermento instantâneo (7 g)
- 3 e ¼ copos de farinha de trigo (500 g)
- ½ colher (chá) de açúcar
- ½ colher (chá) de sal

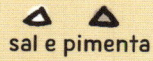

molho
- 2 dentes de alho
- 1 punhado grande de manjericão
- 3 colheres (sopa) de azeite de oliva
- 1 lata de tomates pelados (400 g)
- ½ colher (chá) de açúcar
- sal e pimenta

recheio
- 250 g de mozarela
- sal e pimenta
- azeite de oliva
- manjericão fresco para decorar

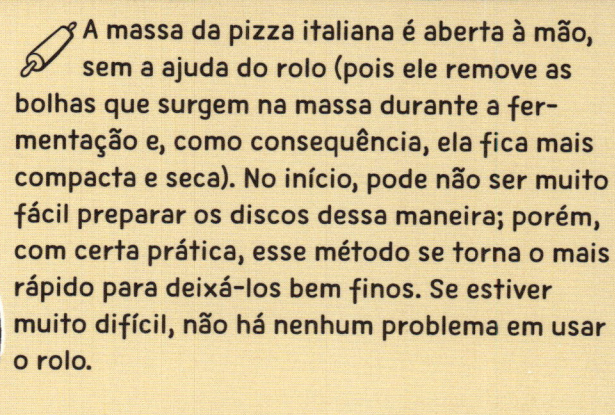

Marco come pizza todo dia

A massa da pizza italiana é aberta à mão, sem a ajuda do rolo (pois ele remove as bolhas que surgem na massa durante a fermentação e, como consequência, ela fica mais compacta e seca). No início, pode não ser muito fácil preparar os discos dessa maneira; porém, com certa prática, esse método se torna o mais rápido para deixá-los bem finos. Se estiver muito difícil, não há nenhum problema em usar o rolo.

1. Misture o fermento, o açúcar e a água morna e reserve por alguns minutos.

O SABOR DO SÓTÃO

▸ Feito de suco de uva fermentado, o vinagre balsâmico é um líquido espesso, de sabor agridoce, ideal para acompanhar queijos, frios, frutas ou sorvetes.

▸ O **aceto balsamico** ❶ (lê-se "atcheto balsamico") original, produzido apenas em Modena e Reggio Emilia, é um dos produtos alimentícios mais caros.

▸ A versão tradicional é maturada em tonéis de madeira ❹ por, no mínimo, 12 anos (o ideal é 25 anos). Enquanto os barris repousam, o álcool da fermentação se evapora, concentrando o vinagre. Como o volume reduz, é preciso transferir o líquido para recipientes menores.

NÃO VOU NEGAR

▸ Será que, depois de uma refeição tão variada, ainda sobra lugar para a sobremesa? Tomara que sim, pois a Itália é a terra natal de muitos doces apreciados no mundo inteiro.

GELATO ❺ ⓬
O "gelato" ("sorvete") é macio e consistente e costuma ser servido a temperaturas menos frias que outras variedades de sorvetes de massa.

PANNA COTTA ⓫ (em italiano, "nata cozida")
Um tipo de flã feito de creme de leite de vaca e servido com calda de fruta.

CANNOLI ❽ ⓯
Tubos de massa fritos e recheados com creme de ricota; são típicos da Sicília.

TIRAMISÙ ⓮
Sobremesa feita com biscoitos embebidos em café, creme de gemas batidas e queijo mascarpone.

Além dos doces, outro pequeno prazer que se segue às refeições é o café* espresso ⓲: uma dose curta e bem forte. É comum apreciá-lo de pé, junto ao balcão ou a uma mesinha alta. O "caffè latte" ("café com leite"), por sua vez, não é tão popular.

* Mais na p. 107.

2 Peneire a farinha em uma tigela grande e depois acrescente o sal. Despeje aos poucos a água com o fermento e mexa com um batedor. Quando começar a dar liga, passe a massa para uma superfície enfarinhada.

3 Sove a massa por 10 min. Abra-a e depois amasse-a (formando uma bola), repetindo o processo algumas vezes e sovando-a na superfície enfarinhada. Quando estiver homogênea e elástica, coloque-a em um recipiente, polvilhe farinha e cubra a vasilha com um pano. Reserve por 30 min, até dobrar de volume.

4 Pique o alho e as folhas de manjericão. Aqueça 3 colheres de azeite em uma panela, adicione o alho e refogue por 1 min. Adicione os tomates, o açúcar, o sal e a pimenta a gosto.

5 Cozinhe por 20 min, até o molho engrossar e os tomates começarem a desmanchar. No final do cozimento, adicione o manjericão.

6 Preaqueça o forno a 240ºC. Divida a massa, formando com ela 4 bolas. Cubra-as com um pano para evitar que ressequem.

7 Abra uma das bolas, esticando-a até virar um disco fino. Coloque a massa aberta em uma assadeira com papel-manteiga. Pincele a parte superior com 4-5 colheres (sopa) de molho de tomate, deixando um espaço entre a borda do disco e o da assadeira. Espalhe a mozarela sobre o molho. Tempere com sal, regue com azeite e polvilhe com folhas de manjericão fresco (tudo a gosto).

8 Asse por 12-15 min. Retire do forno, polvilhe pimenta moída e azeite. Repita os passos com o restante da massa.

GRÉCIA
ESPECIALIDADES ANTIGAS

- A Grécia Antiga exerceu enorme influência sobre a civilização europeia: nos deu a democracia ⑧, a filosofia ⑩, a geometria e outras ciências. Também foi ali que surgiram o teatro ㊶ e os jogos olímpicos.
- A culinária baseou-se, durante milênios, no trigo, no azeite e no vinho, acompanhados de legumes, frutas ⑯, queijos, peixes e frutos do mar.
- Há 2.300 anos, os gregos, liderados pelo rei macedônio Alexandre, o Grande, derrotaram o Império Persa ⑫, cuja culinária[1] virou moda entre os vencedores. Quando os romanos ⑰ subjugaram os gregos e lhes impuseram o poder dos imperadores latinos ⑮⑲, passaram a consumir limões, pêssegos e especiarias ㉔, que vinham do Oriente.
- Mais tarde, a Grécia integrou o Império Bizantino[2] ㉑ e, há 550 anos, foi incorporada ao Império Turco Otomano ㉓. Por isso, gregos e turcos têm muitos pratos em comum — e discutem, por exemplo, qual país inventou o tzatziki e a moussaka.
- A Grécia recuperou a independência há 200 anos, e hoje é valorizada pelas grandes ideias e também pelo famoso queijo feta ①, pela fasolada (sopa de feijão branco) e pela fava ⑨ (pasta de ervilha).

[1] Mais na p. 8.
[2] Leia sobre Bizâncio na p. 4.

PRESENTE DO OLIMPO

- A **azeitona europeia** ⑤ é cultivada há milhares de anos e, na Antiguidade, era apreciada não somente na cozinha.
- Nas Olimpíadas, as cabeças dos vencedores eram adornadas com coroas de ramos de oliveira simbolizando a paz e a comunhão, temas recorrentes na literatura e na arte do país. O óleo produzido com as azeitonas servia também como cosmético.
- Muitos gregos acreditavam que uma planta tão profícua só poderia ser um presente dos deuses, de Atenas, deusa da sabedoria.

PRODUÇÃO TRADICIONAL DE AZEITE

1. colheita manual (com pequenos ancinhos)
2. retirada das folhas seguida de lavagem
3. trituração no moinho (os caroços permanecem inteiros)
4. espalhamento da pasta em esteiras
5. prensagem
6. filtragem do azeite fresco

MAS QUE PRENSADA!

- A cor e o sabor das azeitonas dependem de quão maduras estão. As verdes são menos maduras e mais amargas que as pretas, mas os frutos de ambas precisam ficar muito tempo na salmoura para perderem o amargor. E apenas 10% das azeitonas são consumidos dessa forma.

AVGOLEMONO
sopa de ovos e limão
cozimento do frango: 60 min
preparo: 90 min : 4×

Ingredientes:
- 4 coxas de frango
- 8 copos de água (2 L)
- 1 copo de macarrão orzo (190 g) ou arroz cru
- 3 ovos
- limão
- sal e pimenta

O avgolemono é um molho muito popular que acompanha almôndegas, legumes, dolmas e outras iguarias servidas quentes. Seu modo de preparo é um tanto diferente daquele de uma sopa, mas sua constituição básica é um caldo feito de frango, ovos e limão.

1. Lave o frango, coloque-o em uma panela grande, cubra-o com água e adicione uma colher (chá) de sal. Cozinhe com a panela tampada durante 1 h, até a carne ficar macia e se desprender dos ossos (retire a espuma da superfície da sopa ao longo do cozimento).

2. Retire o frango cozido da panela e, após esfriar, divida a carne em pedaços.

3. Adicione ao caldo fervente o macarrão orzo ou o arroz e cozinhe até ficar macio (cerca de 10–15 min). Reserve.

O político Sólon

ATENAS

O filósofo Sócrates e seus pupilos

Alexandre, o Grande

Dario III, rei da Pérsia

Otávio Augusto

PRODUÇÃO ATUAL DE AZEITE

1 colheita das azeitonas e separação preliminar das folhas realizadas mecanicamente (colheitadeiras)

2 descarte das folhas restantes seguida da lavagem dos frutos

3 trituração e liquidificação mecânicas

4 centrifugação da polpa de azeitonas (o azeite sobe à superfície em decorrência da força centrífuga)

5 filtragem (opcional; o azeite não filtrado é considerado de melhor qualidade)

▶ O restante dos frutos ❷ ❻ ⓭ ㉒ ㉕ ㉗ é usado na produção de azeite. Se, nesse processo, as azeitonas são espremidas sem aquecimento, o azeite é rotulado como "virgem". Se entre a colheita e sua prensagem se passarem menos de 24 h, é classificado como "extravirgem".

UM SABOR PERDIDO

▶ Na Grécia Antiga, muitos pratos servidos em suntuosos banquetes eram temperados com **sílfio**, uma planta que não sobreviveu até os nossos dias, mas da qual se extraía um sumo cujo aroma se assemelhava ao da assa-fétida*.

▶ O sílfio era produzido em uma colônia grega no norte da África. Contudo, as mudanças climáticas, o esgotamento do solo e a ganância dos agricultores extinguiram a planta há cerca de 2 mil anos.

▶ É bem possível que os últimos talos de sílfio tenham sido consumidos por uma ovelha ou por uma vaca. Dizem que os animais que ingeriam sílfio tinham a carne excepcionalmente saborosa.

* Leia mais sobre a assa-fétida na p. 26.

O sílfio era tão importante para a região onde era cultivado que a figura da planta chegou a estampar as moedas.

É muito importante mexer bem. Sem isso, a sopa avgolemono se transforma em sopa de omelete.

4 Em outra panela, bata os ovos, adicione o suco de limão e misture bem.

5 Despeje bem aos poucos o caldo quente sobre os ovos, mexendo sempre com o batedor.

6 Quando tiver adicionado umas quatro colheres de sopa de caldo, despeje a mistura de volta na primeira panela, mexendo sempre.

7 Tempere a gosto com sal e pimenta, junte os pedaços de frango e sirva de imediato.

A mãe de Georgios sempre lhe preparava avgolemono quando ele estava gripado.

Hoje, Georgios faz sua própria sopa, mas não só quando está doente.

COALHO DENTRO DO SACO

▸ Graças a vestígios encontrados em jarras pré-históricas, sabemos que há 8 mil anos as pessoas já tomavam leite de vaca. Mas quando surgiu o queijo ❶?

▸ O leite estraga rapidamente e é difícil de transportar. Provavelmente o queijo começou a ser produzido para aproveitar o leite. É possível que alguém tenha guardado leite num saco feito com o estômago de uma ovelha que continha coalho*, convertendo o líquido num saboroso alimento sólido.

* Leia sobre quimosina na p. 83.

Balões: "Ih... Acho que estragou." / "Eu não me importo de ficar com ele."

EUROPA — 5 A viticultura se espalha por todo o Império Romano.

ÁSIA — 1 Daqui vem a videira.

MAR NEGRO / ÁSIA MENOR / MAR CÁSPIO / GRÉCIA

3 Os fenícios vendiam videiras para os gregos e habitantes da Itália.

2 As uvas se tornam populares e rapidamente alcançam o Mar Mediterrâneo.

4 As videiras vão para a Índia e a China atravessando a Pérsia.

ÁFRICA / PENÍNSULA ARÁBICA

PRAZER DIVINO

▸ A base da cultura ocidental é formada por ideias fundamentais e princípios artísticos surgidos, ambos, na Grécia. Mas um dos descobrimentos gregos supera todos os demais. Afinal, o que seria de nossa alimentação sem os biscoitos, bolos e outros doces?

▸ Foram os gregos que primeiro tiveram a ideia de umedecer a massa com mel ou recheá-la com queijo adoçado ⓮. Menções a essas iguarias remontam há quase 2500 anos.

DOCES, AZEDAS E ALEGRES

▸ Há milhares de anos, a videira ❼ e a oliveira têm sido as plantas mais importantes para os gregos, que as empregam para diversos fins*.

▸ As uvas são transformadas em passas e também em sucos ácidos e xaropes doces, usados para temperar pratos doces e salgados.

▸ As folhas da videira também têm função: envolver recheios de carne ou de arroz nos dolmades ⓴, iguarias adoradas na Grécia ㉓, mas originárias da Turquia.

▸ As uvas, no entanto, são utilizadas sobretudo na fabricação de vinho ❸⓲㉖. Essa valiosa bebida alcoólica era um item básico da dieta grega da Antiguidade e tinha até o próprio deus: Dionísio, a quem eram oferecidos sacrifícios em festanças bem agitadas.

* Mais informações sobre o vinagre balsâmico na p. 87.

91

MELOMAKÁRONO doces de mel natalinos ⏱ 60 min: 35-45×🍪

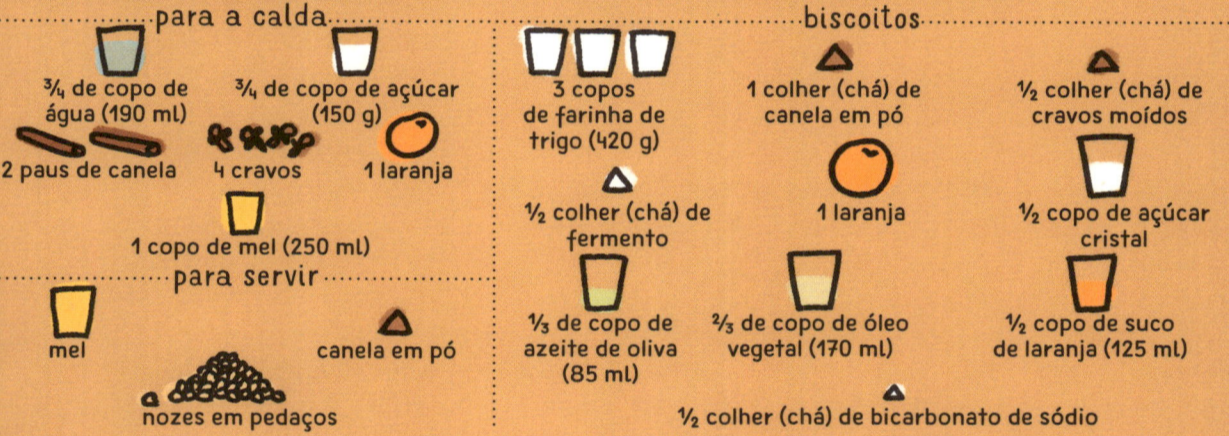

para a calda

- ¾ de copo de água (190 ml)
- ¾ de copo de açúcar (150 g)
- 2 paus de canela
- 4 cravos
- 1 laranja
- 1 copo de mel (250 ml)

para servir

- mel
- nozes em pedaços
- canela em pó

biscoitos

- 3 copos de farinha de trigo (420 g)
- 1 colher (chá) de canela em pó
- ½ colher (chá) de cravos moídos
- ½ colher (chá) de fermento
- 1 laranja
- ½ copo de açúcar cristal
- ⅓ de copo de azeite de oliva (85 ml)
- ⅔ de copo de óleo vegetal (170 ml)
- ½ copo de suco de laranja (125 ml)
- ½ colher (chá) de bicarbonato de sódio

1. Primeiro, prepare a calda. Em uma panela, misture a água, o açúcar, a canela, o cravo e a casca da laranja. Cozinhe durante alguns minutos, até o açúcar se dissolver e o caldo exalar o aroma de especiarias. Tire a panela do fogo, acrescente o mel, misture tudo e deixe esfriar.

2. Agora, os doces. Em uma tigela, misture bem a farinha, a canela em pó, o cravo, o fermento, a casca de laranja e o açúcar. Em uma tigela maior, junte o azeite com o óleo vegetal.

3. Adicione o bicarbonato de sódio ao suco de laranja e mexa vigorosamente (o suco vai espumar). Despeje o suco no azeite e continue mexendo.

4. Acrescente gradualmente à panela com azeite e suco a farinha misturada com as especiarias. Mexa a massa com uma colher e, depois, amasse por alguns instantes com a mão (rapidamente, pois a massa deve ficar úmida e oleosa).

5. Preaqueça o forno a 180°C. Com a massa, elabore rolinhos de 3 cm de largura.

6. Coloque-os na assadeira forrada com papel-manteiga (com 2-3 cm de espaço entre eles para não grudarem ao crescer). Asse por 25 min.

7. Ao retirá-los do forno, mergulhe-os na calda por 10-15 segundos (sem exagerar no tempo de molho, pois, se ficarem encharcados, podem desmanchar). Coloque os docinhos em um prato, verta mel sobre eles e salpique com nozes moídas e canela em pó.

Vovó Maria serve o melomakárono pelo menos uma hora depois da ceia de Natal. Só então os convidados têm lugar na barriga para a sobremesa.

ODE AO QUEIJO

▸ É na *Odisseia* que encontramos a primeira descrição do processo de fabricação de queijo. Nesse poema, escrito há quase 3 mil anos, **Homero** apresenta o personagem fictício **Polifemo** (um enorme ciclope que adorava carne com queijo).

▸ Sua caverna era repleta de jarros de leite e potes com queijos sendo maturados. Quando, voltando para a caverna com o rebanho de ovelhas e cabras, encontrou estranhos por lá, ficou enfurecido e os devorou.

▸ E se toda a história de intrusos devorados não for apenas um mal-entendido? Polifemo não queria apenas defender seu amado queijo?

MARROCOS
DEBAIXO DE UMA TAMPA CÔNICA

▸ A cozinha marroquina reflete a história turbulenta do país. Diferentes povos contribuíram para sua riqueza: os berberes do Norte da África, autodenominados "povo livre"; os fenícios, famosos viajantes e mercadores; e os beduínos nômades, que, além de se dedicarem ao pastoreio, circulavam em caravanas impondo respeito até aos governantes mais poderosos. Na Antiguidade, os romanos dominaram a região por 400 anos; depois, quase todo o Norte da África foi conquistado pelos árabes; mais tarde, os territórios foram invadidos pela França e Espanha. Apenas em 1956 o país se tornou independente.

▸ Esse cenário rico e variado produziu uma mistura única de sabores árabes, mediterrâneos e africanos. Aqui encontramos azeitonas ⓮, azeite ⓯, pão de trigo ❽⓲ e mesclas características de temperos e ervas, sopas aromáticas, peixes, cuscuz e combinações de frutas e mel, carne e legumes trazidos de longe ㉔.

▸ A culinária marroquina possui centenas de pratos, surpreendentes pelo maravilhoso aroma e pelas inusitadas combinações de sabores, sempre regados a chá forte e doce.

VOU COMER PELO CAMINHO

▸ Os berberes, que passavam grande parte da vida vagando por montanhas e desertos, precisavam de alimentos nutritivos, leves, duráveis e fáceis de preparar.

▸ Por isso, inventaram o cuscuz, que atende a todas essas condições: é feito com trigo, que sacia a fome; as bolinhas secas são fáceis de transportar e podem ficar guardadas por anos sem perder nada da qualidade. Além disso, a preparação exige muito menos água e tempo de fogo do que demanda o cozimento do arroz ou de qualquer outro cereal.

1 polvilhar a farinha com água

2 enrolar as bolinhas com movimentos circulares

3 peneirar

SÊMOLA ESPONJOSA

▸ As diversas culturas ao redor do mundo têm seus alimentos saciantes[1] preferidos e peculiares. Com os grãos, podem fazer kasza[2], farinha, pão e massas diversas, enquanto os tubérculos são consumidos apenas cozidos ou transformados em pastas e bolinhos.

▸ O cuscuz ❼, por sua vez, é o principal alimento saciante no Norte da África. Os gruminhos que o compõem são produzidos ao se rolar a sêmola, farinha grossa de trigo, salpicada com água. Uma vez hidratados, os grãos de sêmola se unem e formam bolinhas.

▸ O cuscuz cozido no vapor fica macio e suave, e é ideal para ser servido como entrada, prato principal ou sobremesa.

▸ A versão mais famosa é preparada com trigo, mas o cuscuz pode ser feito de qualquer cereal.

[1] Mais informações sobre alimentos saciantes na p. 102.
[2] Mais sobre a kasza na p. 64.

PANELA COM PRATO

▶ **Tagine** ❶ ⓭ ⓳ é o nome do prato mais popular no Marrocos e também o da panela de barro usada para prepará-lo.

▶ Os tagines podem ser feitos com carne, peixe ou vegetais, em versões salgadas ou doces (com mel, frutas, nozes ou castanhas).

▶ É servido em um prato decorativo cuja tampa, cônica, é um adereço não apenas belo, mas também útil: ela garante que, durante o cozimento, a água evaporada retorne para os alimentos. Dessa forma, não são necessárias grandes quantidades desse líquido, que, a depender da região, pode ser difícil de encontrar.

Os tagines são preparados com muitas especiarias, água de laranja, limões em conserva e, em ocasiões especiais, agar misturado com açúcar.

UMA PITADA DE LUXO

▶ **Oud kmari** (conhecido em português como **ágar**) é o ingrediente mais caro que existe. Seu preço pode superar inclusive o das trufas brancas*.

▶ Esse artigo de luxo é produzido pelas árvores da espécie *Aquilaria*, que, ao serem atacadas por um tipo específico de fungo, secretam uma resina aromática. O pó feito com a madeira de ágar é usado na indústria de cosméticos e na culinária (para condimentar os tagines mais seletos).

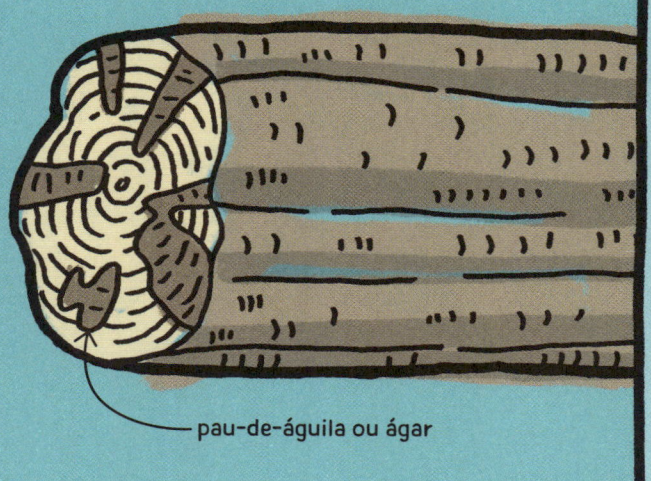

* Veja mais sobre trufas na p. 84.

pau-de-águila ou ágar

SEFFA
cuscuz doce 🕐 30 min: 6×🍚

- ½ copo de tâmaras sem caroço (120 g)
- 1 copo de cuscuz (200 g)
- sal
- ½ copo de leite (125 ml)
- ¼ de copo de passas (40 g)
- ½ copo de água quente (125 ml)
- 3 colheres (sopa) de manteiga (45 g)
- ¼ de copo de amêndoas (40 g)
- 2 colheres (sopa) de açúcar cristal

A seffa deve sua maciez ao repetido cozimento no vapor. É feita com uma variedade especial de cuscuz bem miúdo, mas, se não encontrá-lo, pode ser substituído pelo tipo comum.

1 Corte as tâmaras em pedaços. Misture o cuscuz com uma pitada de sal, as tâmaras e as passas. Despeje o leite por cima e reserve por 10 min, para os grãos absorverem o líquido.

2 Então, despeje a água quente no cuscuz, tampe e reserve por 10 min.

3 Derreta a manteiga e pique as amêndoas. Com um garfo, misture delicadamente o cuscuz com a manteiga, as amêndoas e o açúcar. Forme uma pirâmide, polvilhe com canela e decore com o restante das amêndoas.

Jusef faz a seffa mais fofinha.

NUM RICO CENÁRIO

▸ Feche os olhos e imagine um dia ensolarado e quente. Você está debaixo de uma tenda, em um jardim que parece ter saído de um conto de fadas. Ao redor de você há mesinhas cercadas por um mar de almofadas. De todas as direções vêm aromas que inundam suas narinas e despertam o paladar: de um lado, tagines quentes emanam vapor ①; de outro, vêm os cheiros de travessas repletas de carnes ② ⑪ ㉓ e peixes ⑫, de cuscuz e das sopas perfumadas ⑥ ⑨ ⑰. De sobremesa, frutas e guloseimas coloridas ⑩ ⑳ acompanhadas de chá bem doce ③ ㉒.

▸ Esse banquete suntuoso é chamado de **diffa** ④ e costuma ser servido em ocasiões especiais.

PROCESSAMENTO ORGÂNICO

▸ O **óleo de argan** é adicionado com frequência ao pão, ao cuscuz, aos legumes, peixes, saladas e até às sobremesas ㉕. É espremido das sementes da *Argania spinosa*, ameaçada de extinção, uma árvore longeva originária do Marrocos.

▸ A obtenção do óleo é difícil e demorada. Durante séculos, as mulheres eram auxiliadas pelas cabras, que gostam tanto dos frutos de argan que até sobem nas árvores para comê-los. As sementes duras que não eram digeridas pelos animais eram retiradas das fezes e delas se espremia o óleo.

▸ Hoje, quase todo o processo é mecanizado. A produção continua nas mãos das mulheres, e a popularidade do argan na indústria cosmética possibilitou a independência financeira delas.

BASTILA
torta salgada com condimentos adocicados
cozimento do frango: ⏱ 1 h
preparo: ⏱ 40 min
forno: ⏱ 15 min; 6×

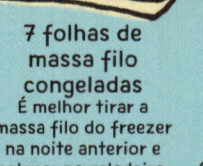

- 7 folhas de massa filo congeladas
  É melhor tirar a massa filo do freezer na noite anterior e colocar na geladeira.
- 2 cebolas
- 1 pitada de açafrão
- 6 colheres (sopa) de manteiga clarificada (90 g)
- 1 e ½ kg de pedaços de frango (as coxas são melhores)
- ¾ de copo de salsa
- ½ colher (chá) de gengibre moído
- 1 colher (chá) de canela em pó
- ¼ de colher (chá) de cúrcuma
- 1 colher (chá) de sal
- 4 colheres (sopa) de óleo vegetal
- 2 copos de amêndoas (200 g)
- 3 colheres (sopa) de açúcar refinado
- 6 ovos
- manteiga para untar o filo
- açúcar e canela em pó para polvilhar

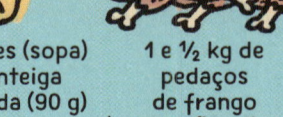

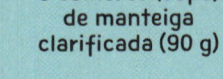

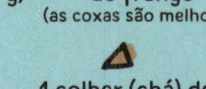

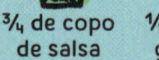

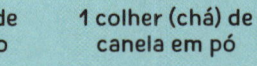

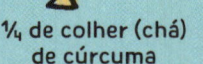

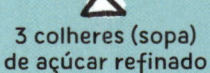

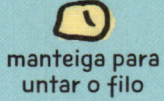

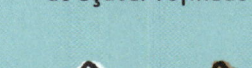

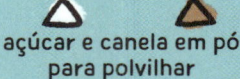

FERMENTAÇÃO CÍTRICA

▸ No Marrocos abundam cítricos variados. Nas bancas de rua você pode saciar a sede com um copo de suco fresco㉑ de laranja ou de tangerina e potes enormes lotados de limões em conserva⑯.

▸ A conserva* dá aos limões um intenso sabor ácido-salgado, que proporciona mais expressividade a vários pratos salgados.

▸ Além disso, pode-se preservar o excesso de frutas após uma boa colheita.

*Mais sobre a fermentação na p. 65.

1 cortar
2 polvilhar com sal
3 colocar num pote transparente
4 encher com água
5 fermentar

A bastila ⑤ é tradicionalmente feita de **massa warka**, que é ainda mais fina e mais forte que o filo grego*. Como a warka original é difícil de obter, você pode substituir por filo.

1 Corte a cebola em rodelas. Dissolva o açafrão esmagado em 2 colheres (sopa) de água morna.

2 Em uma panela grande, derreta a manteiga e frite o frango. Acrescente a cebola, a salsa, o gengibre, metade da canela, o açafrão, a água de açafrão e o sal. Adicione 2 copos de água e cozinhe por 1 h, até o frango ficar macio.

3 Em uma frigideira, aqueça o óleo e adicione as amêndoas. Quando dourarem, passe-as para um prato forrado com papel-toalha para absorver o excesso de óleo. Depois de esfriarem, triture as amêndoas grosseiramente no liquidificador, adicione o açúcar e o restante da canela e misture bem.

4 Com o frango já frio, separe a carne dos ossos e pique-a em pedaços pequenos. Com a panela destampada, deixe cozinhando em fogo médio para o líquido evaporar até sobrar

1 e ½ copo do molho. Em seguida, acrescente os ovos batidos e, sem deixar de mexer, cozinhe mais alguns minutos até ficar semelhante a ovos mexidos. Tempere com sal e pimenta.

5 Preaqueça o forno a 220ºC. Unte a assadeira com manteiga derretida e forre-a com quatro folhas de filo, de modo a cobrir as bordas da assadeira, protegendo-as uniformemente. Em seguida, dobre-as para dentro da assadeira para cobrir toda a bastila. Unte todas as folhas com manteiga.

6 Monte uma camada de frango, outra de ovo e, por cima, cubra com mais duas folhas de filo untadas com manteiga. Sobre elas, uma camada de amêndoas.

7 Dobre as bordas salientes do filo e, em seguida, cubra tudo com mais uma folha, encaixando-a por baixo da torta. Unte tudo com manteiga derretida e leve ao forno por 15 min, até a massa ficar dourada.

8 Sirva quente, decorado com açúcar de confeiteiro e canela.

As bastilas da vovó Asma são enormes.

*Sobre a versão turca do filo, ver p. 6.

EGITO
DESJEJUM DOS FARAÓS

- A civilização egípcia é uma das mais antigas do mundo. Os povos do Nilo foram unificados por Narmer, fundador da primeira dinastia dos faraós, há 5 mil anos. Cerca de 600 anos mais tarde, os governantes egípcios eram tão poderosos que ordenaram a construção das famosas pirâmides ❷. Os faraós ❹ governaram o Egito por mais 2 mil anos.
- Essa era acabou com a invasão persa[1]. Depois, o país foi conquistado por Alexandre, o Grande[2], fundador da cidade de Alexandria ⓬, principal porto do Mediterrâneo e capital do comércio e da cultura.
- Nos 300 anos seguintes, a dinastia ptolomaica governou o Egito. Com a morte de Cleópatra, o país passou a fazer parte do Império Romano ⓭. Em seguida, foi conquistado pelos árabes ⓮; depois, pelos otomanos ⓯[3]; por fim, foi tomado pelos britânicos ⓰. Apenas em 1953 conseguiu sua independência.
- A história do Egito é muito longa: 2.500 anos separam a construção das primeiras pirâmides do nascimento de Cleópatra. Os antigos egípcios deixaram gigantescas construções e também muitas invenções que são usadas até hoje.

[1] Mais na p. 8. [2] Consulte a p. 89. [3] Mais na p. 4.

HAWAWSHI, lê-se "Reuélchi"
sanduíche de carne
preparo: ⏱ 15 min
forno: ⏱ 40 min; 6×🍞

🍞 No Egito, utiliza-se o pão aish, mas é difícil de encontrar. Você pode substituí-lo pelo pão pita (sírio ou árabe).

1 Preaqueça o forno a 180°C. Pique em pedaços pequenos a cebola, o alho, o pimentão e a salsinha. Escalde e descasque o tomate, pique-o e escorra com uma peneira para tirar o excesso de líquido.

2 Usando as mãos, misture a carne com os vegetais e os temperos. Adicione sal e pimenta a gosto.

Dona Farah prepara hawawshi para toda a família uma vez por semana.

CONTROLANDO AS CHEIAS
- Como é possível um país desértico tornar-se uma potência agrícola? Isso se deu graças ao Nilo, um dos rios mais longos do mundo. Ele nasce ao sul, onde chove muito no verão. Antes da construção das barragens, as águas do Nilo, ao subir, inundavam as áreas ao redor. No outono, o nível do rio baixava e aquelas terras ficavam úmidas e férteis.
- Faz 5 mil anos que os egípcios aprenderam a tirar proveito das cheias do Nilo. Construíram canais e diques que lhes permitiam reter a água e até transferi-la para campos mais afastados do rio.
- Graças a esse sistema, puderam expandir as áreas de cultivo e proteger as cidades das inundações.

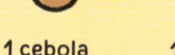

QUE NUNCA FALTE PÃO!

▸ Há 4 mill anos, os egípcios já saboreavam pães frescos ❸. Isso graças a um sistema de produção bem organizado e que contava com a colaboração de muita gente: desde os camponeses, que irrigavam os campos e cuidavam das colheitas ❶, passando pelos artesãos, que criavam as ferramentas, até os moedores, responsáveis pela farinha, e, por fim, os padeiros ❼.

▸ O pão é o alimento mais importante para os egípcios. Foi assim ao longo de milênios e, ainda hoje, praticamente toda refeição é acompanhada por um pão redondo chamado **aish baladi** ❻ ⓳, ou apenas "aish", que em árabe significa "vida". É semelhante ao pita, mas costuma ser feito com farinha integral*. É consumido puro ou com recheio. Serve para envolver o falafel, limpar o molho do prato e para consumir com guisados ou ensopados, como o ful.

* Produzida a partir da moagem de grãos inteiros.

Quase metade da população egípcia vive hoje nos limites da pobreza. Para combater a fome, as autoridades financiam a produção de pão, que ainda é a base da dieta de muitos egípcios.

1. debulhar os grãos dos cereais
2. separar as cascas dos grãos
3. moer os grãos para fazer farinha
4. sovar a massa
5. adicionar fermento
6. assar

FUNGOS E GASES

▸ O que faz o pão crescer? Os antigos egípcios devem ter encontrado a resposta por acaso. É possível que alguém tenha tentado assar uma massa um pouco estragada e acabou vendo seu pão achatado inchar e se tornar um balão.

▸ Essa massa com fermento natural é chamada de **massa madre**. Quando adicionamos um pouco dessa massa à mistura de farinha e água, depois de um tempo as bactérias lácticas e as leveduras, ou seja, os fungos que liberam dióxido de carbono, se proliferam. Esses gases criam pequenas bolhas no interior da massa, deixando o pão macio e fofo depois de assado.

▸ A massa madre é usada até hoje, embora seja mais difícil de controlar do que o fermento fresco.

- 1 cebola
- 1 dente de alho
- ½ pimentão verde
- 1 punhado de salsinha
- 1 tomate pequeno
- 500 g de carne moída
- 1 colher (chá) de páprica
- ½ colher (chá) de cominho
- ¼ de colher (chá) de canela em pó
- ¼ de colher (chá) de gengibre ralado
- sal e pimenta
- 6 pães pita
- 3 colheres (sopa) de manteiga

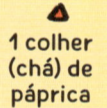

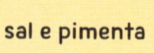

3 Prepare os pães de acordo com as instruções da embalagem. Abra-os em uma das extremidades, criando um bolso. Insira uma porção do recheio e aperte-os de leve para espalhar o conteúdo. O recheio deve ter de 5 a 10 mm de espessura.

4 Unte com manteiga derretida os dois lados dos sanduíches e, separadamente, embrulhe-os bem em papel-alumínio.

5 Asse por 40 min. Antes de servir, corte os sanduíches ao meio.

FAVAS PELA MANHÃ

▸ Há milhares de anos os egípcios começam o dia com **ful mudammas** ⑪ ⑳, ou simplesmente "ful": favas (feijão-verde).

▸ É feito com favas secas ⑩. Depois de ficarem bastante tempo de molho, são cozidas ao longo de muitas horas (tradicionalmente, a noite inteira ⑪). O resultado é uma pasta escura e espessa que pode ser comida com azeite de oliva, manteiga, ovo, pasta de gergelim, carne, legumes ou ingredientes sazonais.

▸ Outro prato de legumes é o **ta'amiyya** ⑧ ⑱, também conhecido como "falafel": bolinhos de favas trituradas e temperadas que são fritos em óleo abundante ⑨.

▸ O ta'amiyya se espalhou do Egito para o restante do Oriente Médio, em geral substituindo as favas por grão de bico*. A versão adaptada não tardou para tornar um dos petiscos vegetarianos mais populares.

*Sobre o grão de bico, consulte a p. 15.

UMM ALI
sobremesa feita de pão
preparo: ⏱ 15 min
forno: ⏱ 15 min; 8× 🍽

⅔ de copo de passas (100 g)

2 ¾ copos de leite (700 ml)

¼ de copo de açúcar (55g)

1 colherinha de extrato de baunilha (opcional)

1 ½ copo de creme de leite fresco (400 ml) (30% de gordura)

3 colheres (sopa) de açúcar

150 g de castanhas (pistaches, amêndoas, castanhas de caju, nozes)

5 croissants

2 colheres (sopa) de coco ralado

🥐 Umm Ali ㉒ é uma sobremesa muito popular feita de pão aish ou de massa folhada. Pode ser substituída por croissants (de preferência de vários dias).

1 Despeje as passas na água morna e reserve por 15 min. Preaqueça o forno a 180ºC.

2 Aqueça o leite com o açúcar e a baunilha (se for usar). Quando começar a ferver, retire do fogo. Bata o creme de leite com uma colher de sopa de açúcar para fazer chantilly. Pique as castanhas e nozes em pedaços.

CHÁ OBRIGATÓRIO

▸ O chá preto ⑰ é a bebida nacional do Egito. É mais popular que o café. O chá acompanha todas as refeições, da manhã até a noite.

▸ É servido em reuniões de amigos e em ocasiões formais. Muitos egípcios acreditam que servir chá é um dever, e não uma gentileza dos anfitriões. Portanto, o chá muitas vezes é chamado também de "vajib", que em árabe significa "dever".

▸ No Egito, o chá é feito de duas maneiras. Outras infusões também são apreciadas, como as feitas com hibisco.

CHÁ KUSHARI
Chá preparado derramando água quente sobre as folhas. Servido com açúcar, hortelã fresca e, às vezes, com leite.

CHÁ SA'IDI
Um chá muito forte servido com muito açúcar. É feito cozinhando-se as folhas em fogo alto.

KARKADEH
Infusão doce de ervas feita das flores de hibisco.

O CAIRO ATUAL

FAVAS E SUPERSTIÇÕES

▸ As favas ⑤ cozidas eram muito populares na Antiguidade, mas também cercadas de superstições.

▸ Segundo o historiador Heródoto, os sacerdotes egípcios não podiam tocá-las. Os romanos acreditavam que as almas dos mortos as habitavam. E o filósofo Pitágoras proibia seus alunos de comê-las.

▸ O real motivo da aversão pode estar relacionado ao favismo, doença hereditária rara que se manifesta depois da ingestão de uma pequena quantidade de favas.

TAAMIYYA

"Umm Ali", em árabe, significa "a mãe de Ali".

A filha de Omar adora a sobremesa que o pai faz.

as castanhas (deixe dois punhados para decorar a sobremesa depois de pronta), as passas e o coco ralado. Faça uma segunda camada com o resto dos croissants e despeje o leite e o açúcar por cima.

3 Num refratário com cerca de 26 cm de diâmetro, coloque uma camada da metade dos croissants cortados em pedaços. Salpique

4 Coloque chantilly por cima e polvilhe com o restante do açúcar.

5 Asse por 15 min. Nos últimos 2 min, ligue o grill para dourar em cima. Salpique o restante das nozes sobre a sobremesa assada. Sirva quente.

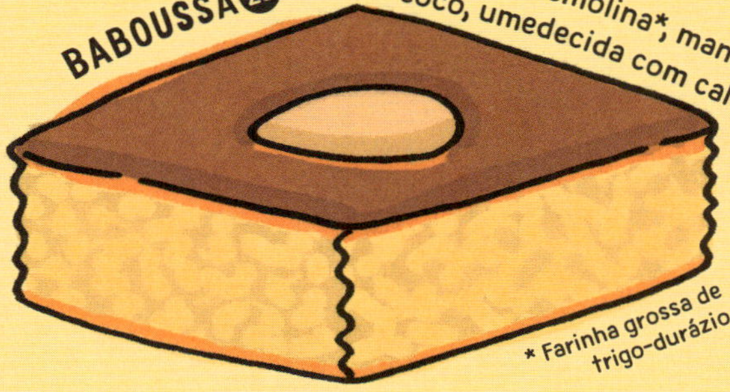

BABOUSSA ㉓

Massa de semolina*, manteiga e coco, umedecida com calda.

* Farinha grossa de trigo-durázio.

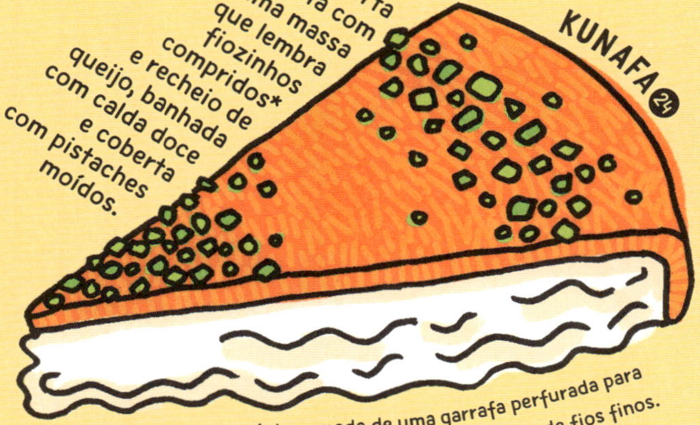

DOCES BEM DOCES

▸ Os egípcios adoram iguarias extremamente doces, banhadas em mel ou em calda de açúcar.

KUNAFA ㉔

Torta feita com uma massa que lembra fiozinhos compridos* e recheio de queijo, banhada com calda doce e coberta com pistaches moídos.

* A massa crua é derramada de uma garrafa perfurada para uma chapa aquecida ㉕ formando um emaranhado de fios finos.

KATAYEF ㉑

Bolinho doce frito em óleo abundante, recheado com frutas secas ou queijo. É comido com calda de açúcar ou mel durante o Ramadã*.

* Mais informações sobre o Ramadã na p. 9.

NIGÉRIA ANTIGOS TUBÉRCULOS NO NOVO MUNDO

▶ Durante a Idade Média, no território onde hoje é a Nigéria, já proliferavam reinos e cidades-Estados cuja cultura era muito rica. Ao mesmo tempo, havia o cruel comércio de escravos, que já era centenário ali, mas que se intensificou bastante com a chegada dos europeus e que foi abolido somente no século XX.

▶ Hoje, a Nigéria, habitada por centenas de grupos étnicos diferentes, é o país mais próspero e populoso da África. O idioma oficial é o inglês, mas existem outras 500 línguas.

▶ Lagos, a maior cidade do país, é famosa por sua vida noturna, pela cena musical de vanguarda ⑪ e pela indústria cinematográfica. Há mais filmes feitos em Nollywood ⑧ do que na Hollywood americana. Eles são exibidos em muitos países africanos, mas estão começando a ganhar também os espectadores do restante do mundo.

▶ Nem a história turbulenta, nem as recentes mudanças culturais alteraram os gostos e as preferências tradicionais da culinária nigeriana. Ninguém ali recusa um prato de arroz vermelho ou uma bola de cará amassado servida com molho aromático.

SEMENTES E ÓLEOS

▶ Para cozinhar as espessas sopas nigerianas e os guisados de peixe ou de carne, são usados óleos vegetais. Os mais populares são os óleos de palma (azeite de dendê), de amendoim[1] e de gergelim[2], além da manteiga de karité sem cheiro.

[1] Mais sobre o amendoim na p. 39.
[2] Mais sobre o gergelim na p. 15.

NOZES ESTIMULANTES

▶ A árvore de cola é aparentada com o cacaueiro[1]. Suas sementes, chamadas **nozes-de-cola**, podem ser consumidas cruas. Mas tenha cuidado, pois elas são bastante estimulantes! Cada noz tem a quantidade de cafeína[2] equivalente a duas xícaras de café.

▶ Na Nigéria (e em outros países africanos), as nozes-de-cola são frequentemente compradas e mastigadas na rua. Elas também podem ser usadas como lembranças em cerimônias e como remédio.

▶ Elas se tornaram mundialmente famosas graças à Coca-Cola, criada há mais de um século. A receita original, inventada pelo farmacêutico norte-americano John Pemberton, continha, além da cafeína das nozes-de-cola, a cocaína, substância extraída das folhas de coca.

Depois da retirada da casquinha branca.

▶ O **óleo de palma**, mais conhecido no Brasil como **azeite de dendê**, é extraído dos frutos do dendezeiro ②. Podem ser espremidas ⑦ apenas as sementes (óleo amarelado) ou a fruta inteira (óleo vermelho).

▶ A partir do óleo é possível fazer uma margarina, consumida com pão ou usada para frituras. Com ele também se produzem combustíveis e até cosméticos. Infelizmente, para o cultivo das palmas, desmatam-se grandes extensões de florestas, o que contribui para a destruição da natureza.

[1] Mais sobre o cacau na p. 42.
[2] Mais sobre café e cafeína na p. 107.

GROUNDNUT SOUP
sopa de amendoim

◯◯ 1 ½ h; 6×🍖

Você pode usar qualquer tipo de carne para preparar a groundnut soup* (lê-se "graund-nât sup"). Se você preferir, use batata-doce, batata-inglesa, mandioca ou outros tubérculos cozidos.

1 Em uma panela de fundo grosso, aqueça o óleo e a manteiga e frite o frango.

2 Adicione a água, as folhas de louro e o sal. Cozinhe por 45 min até ficar macio.

3 Em uma frigideira, torre os amendoins. Deixe esfriar e bata no liquidificador para fazer uma pasta.

4 Depois, bata ligeiramente no liquidificador as cebolas, o alho, a pimenta e o tomate.

5 Com uma escumadeira, tire a carne da panela e coloque ali o azeite de dendê, a pasta de amendoim e a de cebola com os tomates. Cozinhe por 10–15 min em fogo médio, mexendo de vez em quando, até o molho engrossar.

6 Coloque o frango de novo na panela, adicione o espinafre e cozinhe por mais alguns minutos. Sirva com arroz.

*Na Nigéria, as sopas são espessas como guisados. Costumam ser servidas com cará amassado, pão ou arroz.

Ingredientes

- 4 colheres (sopa) de óleo vegetal
- 1 colher (sopa) de manteiga clarificada
- 1 ½ kg de pedaços de frango (sem pele)
- 2 copos de água (500 ml)
- 2 folhas de louro
- 1 colher (chá) de sal
- 1 ½ copo de amendoins descascados (200 g) ou 1 copo de manteiga de amendoim (240 g)
- 2 cebolas roxas pequenas
- 2 dentes de alho
- ½ pimenta chili fresca
- 3 tomates pequenos ou 1 lata de tomates pelados (400 g)
- 2 colheres (sopa) de azeite de dendê ou outro óleo vegetal
- 1 punhado grande de espinafre fresco ou congelado
- arroz para acompanhar

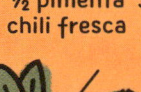

Samuel adora alimentar sua família.

Manteiga de karité

1. retirada da polpa
2. cozimento
3. remoção das cascas
4. secagem
5. trituração das sementes
6. torrefação
7. moagem
8. mistura com água
9. separação da manteiga
10. derretimento e retirada das impurezas restantes
11. filtragem
12. manteiga de karité pronta

▶ A **manteiga de karité** ❺ é obtida das sementes da árvore Shea Parka. É usada há séculos para cozinhar, fazer sabonetes, cremes e velas.

JOLLOF, arroz vermelho: 1 h; 6×
lê-se "Djolóf"

2 copos de arroz longo, p. ex. basmati (400 g)

2 cebolas roxas pequenas

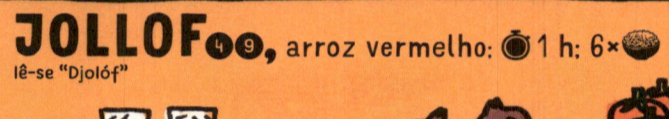

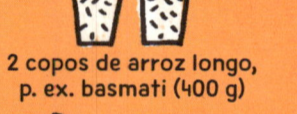

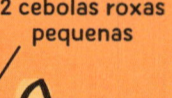

4 tomates médios ou 2 latas de 400 g de tomates pelados

2 dentes de alho

1 pimenta chili

1 pimentão vermelho

2 colheres (sopa) de azeite de dendê ou outro óleo

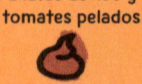

3 colheres (sopa) de extrato de tomate

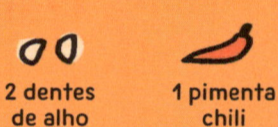

3 copos de caldo de carne ou água (750 ml)

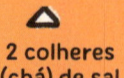

2 colheres (chá) de sal

1 colher (chá) de tomilho seco

½ colher (chá) de gengibre moído

½ colher (chá) de cominho

½ colher (chá) de pimenta

O jollof da Esther é um sucesso no festival de Lagos.

1 Lave bem o arroz em água morna. Pique 1 cebola roxa e bata a outra ligeiramente no liquidificador junto com os tomates, o alho, a pimenta e o pimentão.

2 Aqueça o azeite em uma panela. Adicione a cebola picada e frite por alguns minutos. Acrescente o extrato de tomate e frite por mais 2 min. Adicione a pasta batida no liquidificador, tampe a panela e cozinhe por mais 15 minutos.

3 Adicione o sal, as especiarias, o arroz e a água (ou caldo de carne). Misture bem, tampe a panela e cozinhe por mais 15–20 min, até que o líquido evapore e o arroz fique macio (se ainda estiver duro, acrescente mais água e deixe cozinhando mais alguns minutos).

4 Depois de desligar o fogo, deixe a panela tampada por mais 15 min, para o arroz ficar no ponto.

SACIANTES DO DIA A DIA

▸ Ninguém gosta de ficar com fome. Esperamos que as refeições nos deixem com uma sensação agradável de saciedade. Trata-se de uma necessidade básica, e por isso, desde tempos imemoriais, povos do mundo todo têm como base da dieta algum produto rico em amido (um tipo de açúcar vegetal).

▸ O amido costuma provir de produtos locais: grãos, cereais, tubérculos ou raízes.

▸ Neste livro, usamos vários exemplos de saciantes locais: pão de trigo no Egito, pão de centeio na Alemanha, arroz na China e no Japão, batata, amaranto e quinoa para os incas, milho para os maias e astecas, kasza na Polônia, tief e ensete na Etiópia, mandioca no Brasil ou massas na Itália e em outros países.

▸ Na Nigéria, estes são os alimentos saciantes mais comuns:

INHAME

ARROZ

CARÁ

SORGO

PAINÇO

BANANA-DA-TERRA

MANDIOCA

O MEU É MELHOR!

- O arroz africano foi domesticado em paralelo a seu primo asiático, de maneira independente. Embora hoje, na Nigéria, seja mais importado do que cultivado, ele ainda é muito popular.
- É o ingrediente básico do famoso prato de uma panela só, o **jollof** 4 9, que deve sua cor alaranjada ao azeite de dendê e aos tomates.
- O jollof tem diversas variações e muitos nomes. Os nigerianos, senegaleses e ganenses ainda discutem sobre qual é a versão mais saborosa e sobre qual foi a primeira a surgir.

MAIOR, IMPOSSÍVEL!

- Os **carás** 1 são tubérculos que podem pesar até 70 kg, e ocupam um lugar importante na vida dos nigerianos.
- Seu cultivo é trabalhoso, pois podem crescer até 2 m nas profundezas do solo, além de requerem muita água. Por isso, são colhidos apenas quando se encerra a estação chuvosa, que dura vários meses.
- Quando enfim chega a época da colheita, é hora de celebrar com festas nas quais o cará é a grande estrela.

1 descascar **2** cozinhar **3** sovar
4 fazer bolas **5** pronto! **6** comer

CARÁ AMASSADO

- Os carás são consumidos, em geral, como uma massa 3 6 10 semelhante à massa de modelar.
- Os tubérculos cozidos são sovados por um longo tempo. Na versão expressa, mistura-se farinha de cará com água, então se aquece a massa até ela atingir o ponto certo.
- Os carás amassados praticamente não têm sabor, e por isso são servidos com pratos condimentados. Para comer, basta pegar, com a mão, um pouco da massa, passá-la no molho e depois levá-la à boca. Na África, essa massa (que pode ser feita de farinha ou de outros tubérculos) é chamada de fufu.

ETIÓPIA
NO PRATO AZEDO

- Na Etiópia foram encontrados vestígios dos primeiros seres humanos, como o fóssil de Lucy, uma *Australopithecus afarensis* que viveu há 3,2 milhões de anos. Também naquele território surgiu, por volta do século I d.C., o antigo reino de Aksum, um dos mais poderosos daquela região e que durou vários séculos. Apesar das diversas tentativas (de árabes e europeus) de conquistá-la, a Etiópia permaneceu independente durante quase toda a sua história. O principal problema dos etíopes era o clima: a breve estação chuvosa (3 meses) e a longa seca no restante do ano.
- Os campos ficavam verdes com as chuvas, mas a colheita, feita no início da estação seca, tinha de durar até o ano seguinte. Se a safra não fosse suficiente, o povo podia passar fome.
- O apego à tradição, a desconfiança com os sabores estrangeiros e as condições climáticas adversas tornaram a culinária etíope ao mesmo tempo simples e única. Com base nos ingredientes locais, os alimentos mais populares são os pães fermentados, a manteiga clarificada e guisados de carne e vegetais.

PARA TODAS AS OCASIÕES

- A **injera** é a base de todos os pratos etíopes tradicionais: um pão bem fino que se distingue por seu sabor azedo. É feito de sementes moídas da *Eragrostis tef*, uma erva abssínia conhecida como tefe, principal cereal da Etiópia. De sabor suave, não tem glúten e é muito nutritiva.
- Os guisados são servidos diretamente sobre uma injera aberta, dispensa o uso de talheres. Basta pegar um pedaço de injera com um pouco de molho e levar diretamente à boca.
- Como muitas pessoas comem da mesma injera, não se deve lamber os dedos (e, é claro, as mãos devem ser bem lavadas antes de comer).

1. misturar farinha de tefe com água
2. esperar fermentar
3. derramar a massa na frigideira
4. esperar cozinhar

A injera é um símbolo de prosperidade. Por isso, quando os etíopes querem desejar boa sorte a alguém, dizem: "Boa injera pra você!"

INJERA PARA QUEM TEM PACIÊNCIA

fermentação: 2-3 dias
preparo: 20 min: 7×

- 1 copo de farinha de tefe (160 g)
- 1 copo de farinha de trigo (150 g)
- 2 ½ copos de água morna (625 ml)
- ¾ de colher (chá) de sal
- manteiga clarificada

Dauit tem sempre um pouco de massa preparada.

O sabor original da injera, levemente azedo, é resultado da longa fermentação. Se não quiser esperar vários dias, faça a versão expressa, da página ao lado.

1. Em uma jarra grande, misture as farinhas com a água. A massa deve ter uma consistência mais líquida, mas não demais (para corrigir, acrescente mais água ou mais farinha).

2. Cubra a jarra com um pano e deixe fermentar por 2 ou 3 dias. De vez em quando, gire a jarra para mexer a massa.

3. Após esse tempo, a massa deve apresentar bolhas e um cheiro ácido.

4. Antes de fritar, acrescente sal à massa.

ABRA A BOCA!

▸ Não importa o país, partilhar uma refeição é sempre sinal de hospitalidade e amizade. Mas na Etiópia esse gesto tem um significado especial, como se observa na prática do **gursha**.
▸ Durante uma refeição em grupo, as pessoas mergulham pedaços da injera no guisado e alimentam uns aos outros, como expressão de carinho e amizade.

MANTEIGA PERFUMADA

▸ Além da injera, outro item obrigatório nos pratos etíopes é a manteiga clarificada*, chamada de **niter qibe** (lê-se "nitêr quíbe"). É produzida ao se derreter a manteiga comum junto com grandes quantidades de especiarias ❹ (por exemplo, cominho, cardamomo, feno-grego, canela, noz-moscada, gengibre). Depois de filtrada, a gordura dourada se torna aromatizada e, se preparada corretamente, pode ser armazenada por meses, ou até por um ano.

* Semelhante ao ghee indiano (veja na p. 25).

DENSO, PICANTE OU SUAVE

▸ Vários molhos e ensopados são servidos sobre a injera. A base deles é sempre cebola refogada em niter qibe com carne ou vegetais.
▸ O **wat** ❾ é picante, pois obrigatoriamente contém **berbere**: uma mistura de especiarias cujo ingrediente principal é a pimenta ❽. A **alicha** ❿, mais suave, é preparada sem pimenta.
▸ O **kifto**, por sua vez, é uma mistura de carne bovina crua, bem picada, com manteiga aromatizada.

5 Aqueça uma frigideira grande com o fundo pincelado com manteiga clarificada. Despeje, a partir do centro da frigideira, uma quantidade de massa que cubra quase todo o fundo (deixe um espaço ao redor). Quando a parte de cima começar a secar, tampe e cozinhe por mais 1 min. Separe a injera pronta e repita os passos até acabar a massa.

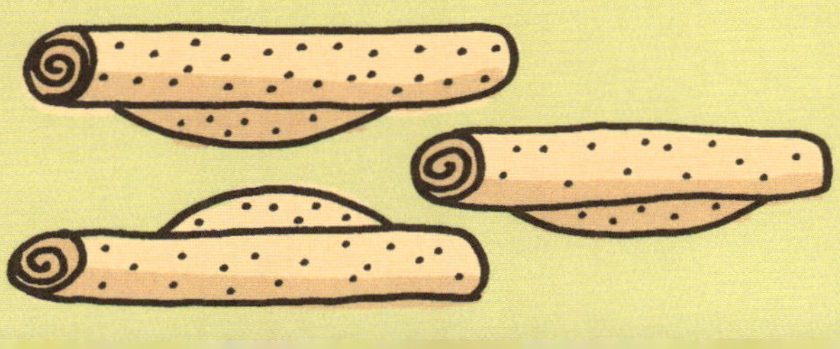

INJERA EXPRESS

⏱ 20 min: 4×

½ copo de farinha de tefe (80 g)

½ copo de farinha de trigo integral (75 g)

½ colher (chá) de bicarbonato de sódio

½ colher (chá) de sal

1 copo de água (250 ml)

3 colheres (chá) de iogurte natural

1 colher (sopa) de vinagre

Misture as farinhas, o bicarbonato e o sal. Adicione a água, o iogurte e o vinagre. Mexa até a massa ficar homogênea. Frite como na versão para quem tem paciência.

DORO WAT
ensoopado de frango com ovos
🥚🥚 2 h; 6× 🍲

- 1 ½ kg de pedaços de frango (sem pele)
- 10 cebolas roxas grandes
- 6 colheres (sopa) de manteiga clarificada (80 g)
- 3 dentes de alho
- 3 cm de gengibre
- ⅓ de colher (sopa) de berbere (receita ao lado)
- 1 colher (sopa) de mel
- 6 ovos
- sal

O doro wat é preparado com **niter qibe**, mas é possível substituí-lo por manteiga clarificada.

1. Coloque o frango em uma tigela grande e cubra-o com água. Bata as cebolas no liquidificador.

2. Derreta metade da manteiga numa panela grande e de fundo grosso. Adicione a cebola batida, tampe a panela e cozinhe por 30 min, mexendo de vez em quando.

3. Acrescente o resto da manteiga, o berbere, o alho e o gengibre picados. Deixe cozinhar por 30 min.

4. Acrescente o frango, o mel e o sal. Se a carne não estiver coberta, complemente com água. Tampe e cozinhe por 1 h, até o frango ficar macio.

5. Cozinhe os ovos até ficarem duros. Descasque-os e, com um garfo, faça furos neles. Acrescente-os ao ensopado e cozinhe por alguns minutos. Tempere a gosto e sirva com injera*.

*Receita na página anterior

COZINHA IMPERIAL

▸ Há mais de 130 anos, a imperatriz Taitu Bitul decidiu dar um grande banquete⑪ para comemorar a fundação da nova capital, **Adis Abeba** (que significa "nova flor"), e a construção de uma imponente igreja. A celebração deveria mostrar a força e a diversidade cultural da Etiópia.

▸ O trabalho foi enorme. Mais de mil cestos com injera⑫ foram distribuídos, e por toda parte havia potes de manteiga, temperos e molhos. Entre as mesas redondas de palha trançada e os longos bancos de madeira, os guisados de carne fervilhavam. O cronista da corte calculou que 5.395 ovelhas e cabras foram mortas para preparar todos os pratos.

▸ A imperatriz supervisionou todo o trabalho e até preparou alguns dos pratos, que entraram para a história da Etiópia como referências de sua culinária nacional.

FALSA BANANA

▸ A **ensete**⑦ é a versão etíope da banana, mas seus frutos não são comestíveis. O que se come dela são as raízes e os talos das folhas. De uma planta se obtém até 40 kg de kocho: uma polpa doce que pode ser cozida, assada, transformada em bebida ou processada de outras maneiras.

1. despedaçar a raiz
2. separar a polpa
3. fermentar em um buraco
4. assar

Imperatriz Taitu Bitul

A família inteira de Zala concorda que ela faz o melhor doro wat.

BERBERE

🕐 10 min; 1×🥣

- 4 bagas de cardamomo
- 1 colher (chá) de feno-grego
- 1 colher (chá) de sementes de coentro
- 1 colher (chá) de grãos de pimenta
- 3 cravos
- 1/3 de copo (18 g) de pimenta chili seca
- 2 colheres (sopa) de pimenta-do-reino moída
- 1 colher (chá) de gengibre moído
- 1/4 de colher (chá) de canela em pó
- 1/4 de colher (chá) de noz-moscada em pó
- 1 colher (chá) de sal

1 Retire as sementes de cardamomo das bagas e, numa frigideira sem óleo, toste-as com o feno-grego, o coentro, a pimenta chili e os cravos. Deixe esfriar e triture no liquidificador ou com um pilão.

2 Adicione os ingredientes restantes e misture bem. Você pode armazenar o berbere em um recipiente bem fechado por até 3 meses.

Segundo a lenda, um pastor etíope observou que suas cabras ficaram agitadas depois de comerem o fruto do café.

Há mais de 700 anos, os místicos islâmicos (sufis) rezavam até tarde da noite graças à cafeína.

Há cerca de 600 anos, um sufi da cidade de Mocha teve a ideia de torrar e moer o café.

Há mais de 400 anos, comerciantes sírios levaram o café para a Turquia.

Há mais de 300 anos, Jerzy Franciszek Kulczycki montou uma cafeteria em Viena, onde servia café sem borra, acompanhado de mel, leite e biscoitos.

Há mais de 100 anos, em Paris, 27 mil estabelecimentos serviam café.

LUXO AO ALCANCE DE TODOS

▸ O café é uma bebida escura estimulante* feita a partir de grãos de árvores e arbustos originários da Etiópia. Os frutos maduros são secos ao sol ❻ e, depois, torrados, moídos e escaldados de várias maneiras.

▸ Não se sabe exatamente quando as pessoas se deram conta de seus efeitos.

*A cafeína influencia no funcionamento do cérebro.

▸ A princípio, mastigavam-se os frutos crus ou escaldavam-se as cascas. Os comerciantes árabes notaram seu potencial e, com o tempo, o sabor do café se espalhou pelo Oriente Médio.

▸ Na Europa, o café ganhou popularidade muito mais tarde. No início, era tratado como remédio e consumido apenas como estimulante, mas em seguida seu sabor passou a ser apreciado. Hoje, é popular especialmente no Norte da Europa.

Os escandinavos bebem em média 3 xícaras por dia, o que equivale a um total de 9 a 12 kg de café por ano por pessoa. Se excluirmos as crianças, que não bebem café, a média será ainda maior.

▸ Da Europa, o café chegou às colônias ultramarinas e à Ásia. Foi redescoberto na África, incluindo na Etiópia, seu país de origem, onde hoje é o principal produto de exportação.

ÍNDICE CRONOLÓGICO

Algumas datas são aproximadas, pois nem sempre é possível precisar quando ocorreram certos eventos.

300 MIL ANOS ATRÁS — Os vestígios mais antigos conhecidos do *Homo sapiens*.

13.500 ANOS ATRÁS

Domesticação do arroz na Ásia. **19**

Início do cultivo do trigo na região do Crescente Fértil. **6**

Domesticação do figo no Oriente Médio. **15**

Domesticação do grão-de-bico. **15**

Domesticação do painço na Ásia. **64**

Os pistaches já são conhecidos na área do atual Irã. **10**

Início do cultivo da cana-de-açúcar na Ásia. **27**

Os mais antigos vestígios de leite em jarros de barro. **90**

Domesticação de galinhas no Sudeste Asiático. **33**

11 500 a.C. | 11 100 a.C. | 10 700 a.C. | 10 300 a.C. | 9900 a.C. | 9500 a.C. | 9100 a.C. | 8700 a.C. | 8300 a.C. | 7900 a.C. | 7500 a.C. | 7100 a.C. | 6700 a.C. | 6300 a.C.

Os registros mais antigos de biscoitos com mel e queijo na Grécia. **90**

Os maias constroem a pirâmide de Calakmul. **40**

Na Europa, são cultivadas as beterrabas-sacarina. **71**

Os judeus recuperam o templo de Jerusalém. **14**

Cleópatra governa o Egito. **96**

Otávio Augusto come aspargos. **63**

Extinção do sílfio. **89**

O reino de Aksum, na Etiópia, se torna um dos mais poderosos da região. **104**

Os primeiros desenhos gigantes são feitos em Nazca. **44**

O molho de peixe garum se torna popular no Mediterrâneo. **5**

Os chineses inventam o molho de peixe. **28**

Início do cultivo de repolho na Europa. **71**

Otávio Augusto conquista o Egito. **96**

Criação do Império Romano. **84**

Plínio, o Velho, glorifica na *História natural* as qualidades dos porcos pretos. **77**

Criação do Império Bizantino. **4**

O rei Leônidas e a rainha Gorgo governam Esparta. **88**

Alexandre, o Grande, conquista a Pérsia e o Egito. **88, 96**

A China invade o antigo reino vietnamita. **28**

Os romanos conquistam a Grécia. **88**

Otávio Augusto se torna imperador de Roma. **88**

Os primeiros grânulos de açúcar são obtidos na Índia. **27**

Os romanos expulsam os judeus de Jerusalém. **12**

O imperador romano Constantino, o Grande, transfere a capital imperial para Bizâncio. **90**

Sócrates filósofa. **89**

Fundação da cidade de Alexandria. **96**

Na China, surgem o molho shoyu e o missô. **21, 23**

500 a.C. | 400 a.C. | 300 a.C. | 200 a.C. | 100 a.C. | 0 | 100 | 200 | 30

109

Linha superior (a.C.)

- Nasce a civilização do Vale do Indo. 24
- Início do cultivo de oliveiras no Mediterrâneo. 88
- Os chineses descobrem o chá. 16
- São construídas as primeiras pirâmides egípcias. 96
- Invenção da nixtamalização do milho na América do Sul. 40
- Fundação dos reinos de Israel e Judá. 12
- Aparece na *Odisseia* a primeira descrição da fabricação de queijo. 91
- Fundação da cidade de Bizâncio. 4
- Domesticação das tâmaras no Oriente Médio. 11
- Os ancestrais dos peruanos criam lhamas e alpacas. 44
- Domesticação do gergelim na Índia. 15
- Unificação das terras egípcias em um só país. 96
- Cultivo de videiras no Mediterrâneo. 90
- Início do cultivo de rosas no Oriente Médio. 9
- Domesticação do arroz na África. 103
- Os persas invadem o Egito. 96
- As batatas começam a ser consumidas na América do Sul. 46
- A cultura Norte Chico constrói a cidade mais antiga da América, nos primórdios da civilização andina. 44
- Os egípcios aprendem a lidar com as cheias do Nilo. 96
- Domesticação da romã no Oriente Médio. 8
- Primeira dinastia chinesa Xia. Início da civilização chinesa. 16
- Início da civilização maia. 40
- Sólon apresenta em Atenas os primórdios da democracia. 88
- Nabucodonosor II, rei da Babilônia, conquista o Reino de Judá. 12
- Os ancestrais dos mexicanos comem pipoca. 36
- Domesticação da amêndoa no Oriente Médio. 10
- Início do cultivo de nabos na Europa. 71
- O Irã conhece o açafrão. 9
- Ciro II, o Grande, cria o Império Persa. 8

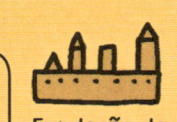

5500 a.C. | 5100 a.C. | 4700 a.C. | 4300 a.C. | 3900 a.C. | 3500 a.C. | 3100 a.C. | 2700 a.C. | 2300 a.C. | 1900 a.C. | 1500 a.C. | 1100 a.C. | 700 a.C.

Linha inferior (d.C.)

- Florescimento da civilização maia. 40
- O budismo se torna a religião nacional do Japão. 21
- O mestre chinês Lu Yu escreve um tratado sobre o chá. 16
- Os vikings conquistam a Noruega. 56
- O reino de Nri é estabelecido no território da Nigéria. 100
- Os ancestrais dos russos bebem kvass de pão. 70
- Os nômades turcos assam pão em panelas. 6
- Queda do Império Romano. 84
- Os árabes conquistam as terras marroquinas. 92
- Primeira menção ao narezushi no Japão. 22
- Os maias erguem a pirâmide de Kukulkán. 40
- Os árabes levam o arroz para a Espanha. 76
- Os habitantes de Bizâncio consomem caviar. 5
- No norte da África, as mulheres extraem óleo de argan. 94
- Tribos germânicas invadem a Península Ibérica. 76
- Os árabes conquistam o Egito. 96
- O wasabi passa a ser usado como condimento no Japão. 23
- A halva de pasta de trigo se torna conhecida. 7
- Os habitantes de Belgorod Kiev cozinham kisel durante o cerco. 70
- Estêvão I introduz o cristianismo na Hungria. 72
- Os germânicos fabricam cerveja na Península Ibérica. 76
- A culinária da Península Ibérica, sob domínio dos árabes, incorpora novos elementos. 76
- Os habitantes do Oriente Médio inventam o tagine. 93
- Primeira notícia sobre um envenenamento coletivo por cravagem. 61
- Mieszko I governa a Polônia. 64
- Provável chegada de Leif Eriksson à América do Norte. 56
- Os Incas criam seu Estado, comem chuño e bebem chicha morada. 44, 47

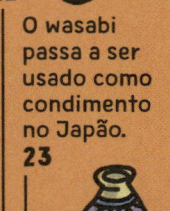

400 | 500 | 600 | 700 | 800 | 900 | 1000 | 1100 | 1200

Top timeline (1270–1510)

- **5** — Rumi cria a irmandade dos dervixes rodopiantes.
- **107** — Os místicos islâmicos rezam até tarde graças à cafeína.
- **101** — A manteiga de karité é produzida na África Ocidental.
- **40** — Fundação de Tenochtitlán, capital asteca.
- **67** — O rei Casimiro, o Grande, concede privilégios aos apicultores silvestres.
- **67** — Primeiras menções aos biscoitos de gengibre de Toruń.
- **107** — Um sufi da cidade de Mocha inventa a torrefação e a moagem de café.
- **80** — Guillaume Tirel cozinha para Carlos VI, o Louco.
- **58** — Católicos medievais consomem peixe seco durante o jejum.
- **4** — Mehmed II conquista Constantinopla.
- **6** — O Palácio Topkapi é construído. Padeiros abrem a massa das yufkas.
- **88** — A Grécia, conquistada pelos turcos, passa a integrar o Império Otomano.
- **76** — Os árabes são expulsos da Espanha.
- **48** — Pedro Álvares Cabral chega às terras do atual Brasil.
- **42** — Montezuma toma uma bebida de cacau.
- **29** — Os chineses começam a cozinhar com wok.
- **74** — Os turcos levam o pimentão para os Bálcãs.
- **72** — A Hungria é derrotada pelos turcos.
- **40** — Hernán Cortés vence os astecas.
- **74** — Expedições de Cristóvão Colombo.

Bottom timeline (1820–1910)

- **52** — Os argentinos têm de lidar com o excesso de carne bovina.
- **75** — A páprica se torna o tempero preferido dos húngaros.
- **48** — O Brasil conquista a Independência.
- **80** — Jean Anthelme Brillat-Savarin faz críticas culinárias.
- **81** — Marie-Antoine Carême inaugura a alta-gastronomia.
- **54** — Justus von Liebig inventa o caldo de carne.
- **22** — Os japoneses inventam o nigirizushi.
- **42** — Na Grã-Bretanha, é produzido o chocolate em tabletes.
- **62** — Os alemães começam a comer salsicha branca.
- **84** — Unificação da Itália.
- **83** — Louis Pasteur inventa a pasteurização.
- **58** — Na Noruega, Anne Hov inventa a receita de brunost.
- **85** — Primeira menção ao pesto com manjericão.
- **59** — A Noruega produz sardinhas em lata.
- **37** — O chop suey aparece nos EUA.
- **20** — O Japão se abre para o mundo.
- **27** — Popularização do açúcar de beterraba.
- **60** — Criação do Império Alemão.
- **71** — Início do Império Austro-Húngaro.
- **28** — O Vietnã se torna colônia francesa.
- **96** — Os britânicos conquistam o Egito.
- **100** — John Pemberton inventa a Coca-Cola.
- **106** — A imperatriz etíope Taitu Bitul promove um grande banquete.
- **84** — A pizza margherita aparece na Itália.
- **79** — As tapas são servidas nos bares espanhóis.
- **81** — Henri-Paul Pellaprat e Marthe Distel fundam Le Cordon Bleu, lendária escola de culinária.
- **80** — É criado o guia Michelin.
- **37** — O biscoito da sorte aparece nos EUA.
- **80** — Georges Auguste Escoffier inventa o sistema de brigadas de cozinha.
- **20** — Kikunae Ikeda descobre o ácido glutâmico no kombu.
- **29** — No Vietnã, aparece a sopa phở.

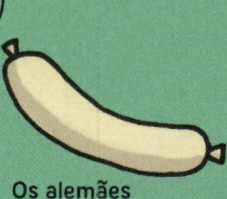

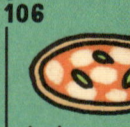

111

Timeline 1550–1810

- **1526** — Francisco Pizarro conquista o Império Inca.
- **1548** — Escravos africanos trazem para o Brasil ingredientes desconhecidos no continente americano.
- **1554** — Os comerciantes sírios levam o café para a Turquia. (107)
- **1552** — Nos pampas, gaúchos bebem erva-mate e pastoreiam.
- **1610** — Os judeus poloneses assam bagels. (36)
- **1619** — Na China, começa a Dinastia Qing.
- **1642** — A aristocracia europeia bebe chocolate.
- **1636** — Colonos ingleses chegam à América do Norte.
- **1650** — Os abacaxis surgem nos pomares europeus.
- **1665** — Jan III Sobieski reina na Polônia.
- **1680** — François Massialot escreve um dos primeiros livros franceses de culinária.
- **1668** — Pedro, o Grande, tsar da Rússia, come zakuski.
- **1683 (72)** — Leopoldo I (dos Habsburgo) derrota os turcos e retoma a Hungria.
- **1622** — Os japoneses começam a comer sushi não fermentado.
- **1736** — O chowder (sopa) chega aos EUA.
- **1707** — Jerzy Franciszek Kulczycki abre uma cafeteria em Viena.
- **1680** — Luís XV reina na França.
- **1746** — As batatas se tornam populares na Europa.
- **1771** — A primeira fábrica polonesa de açúcar é inaugurada na Baixa Silésia.
- **1738** — Surgem os donuts nos EUA.
- **1776** — Os EUA se tornam independentes.
- **1781** — Napoleão I bebe chocolate.

Timeline 1920s–2020s

- **1915** — Os primeiros kibutzim na Palestina.
- **1938** — Nathan Handwerker começa a vender cachorros-quentes em Nova York.
- **1939** — Washington Carver promove o amendoim nos EUA.
- **1980** — Premiação das primeiras estrelas Michelin.
- **1975** — O pimentão-doce é cultivado na Hungria.
- **1937** — O primeiro fast food White Castle é criado nos EUA.
- **1948** — É criado o Estado de Israel. (12)
- **1955** — A Argentina se torna o maior produtor mundial de erva-mate.
- **1936** — Primeira máquina de pipoca num cinema nos EUA.
- **1962** — Na Alemanha, Herta Charlotte Heuwer serve o primeiro Currywurst.
- **1921** — Kathleen Drew resolve o mistério do desaparecimento de nori no Japão.
- **1996** — O Egito conquista a independência.
- **1992** — O Marrocos conquista a independência.
- **1987** — O tiramisù é criado na Itália.
- **1956** — Descoberta de campos de petróleo na Noruega.
- **1972** (5) — Primeiro kebab turco na Alemanha.
- **1947** — Astronautas comem quinoa no espaço.
- **1947** — Os astronautas cultivam amaranto e comem biscoitos dessa planta no espaço.

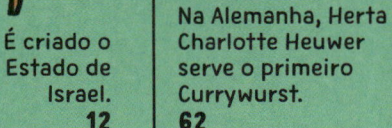

ÍNDICE

A
abacate 40, 41, 42, 43, 78
abacaxi 47, 50, 74
abóbora 35, 36, 38, 40, 52
açafrão 5, 8, 9, 11, 27, 76
açaí 51
açúcar 5, 7, 11, 27, 34, 42, 43, 70, 71, 98
ágar, veja oud kmari
água de rosas 8, 9
aish baladi 97, 98
ajoblanco 78
alcachofra 84, 85
alfajores 46🍲
algas kombu 20
algas marinhas 20, 21, 22
algas wakame 20
alicha 105
alimentação kosher 12
alimentos saciantes 16, 18, 32, 51, 53, 68, 92, 102, 104
almôndegas com molho castanho, veja kjøttkaker med brun saus
alpaca 44
amaranto 47, 102
amêndoas 10, 11, 76, 78
amendoim 15, 29, 36, 39, 100, 101
amora 66
anchovas 79
aperitivos 68
arenque 12, 59, 68
arroz 8, 9, 11, 12, 16, 18, 19, 20, 21, 22, 25, 26, 32, 36, 38, 40, 48, 73, 76, 84, 90, 92, 100, 102, 103
arroz vermelho, veja jollof
aspargo 63, 64
asado 54
assa-fétida 26, 89
atole 43
avgolemono 88🍲
azeite de dendê 48, 100, 103
azeite de oliva 14, 48, 78, 80, 84, 85, 88, 89, 92, 98
azeitonas 12, 15, 76, 79, 88, 90, 92

B
baboussa 99
bacalhau 58
baclava 6, 8, 9
bagel 36, 38
bambu 19
banana 30, 31, 41, 43, 106
banana-da-terra 102
bánh chuối nướng 30🍲
bánh mì 28
bánh xèo 28🍲
barfi 24🍲
barrinhas de leite, veja barfi
bastila 94🍲
batata 14, 20, 39, 44, 46, 47, 52, 60, 63, 64, 65, 68, 71, 73, 76, 79, 102
baunilha 42
béchamel 79, 80, 81
berbere 105, 107
berinjelas 4, 8, 76, 84, 88
berinjelas recheadas, veja imam bayildi
beterraba 27, 64, 65, 71
bigos 65
biryani 25
biscoito com semente de papoula, veja homentasch
biscoitos da sorte 37
biscoito de gengibre 67🍲
bisque 38
blini 69🍲
blueberry 66
Blutwurst 62
bogrács 73
bolinhas de queijo, veja pão de queijo
bolinho de arroz, veja oniguiri
bolinhos de trigo-sarraceno, veja bliny
bolo de banana, veja bánh chuối nướng
boquerones en vinagre 79
boreka 6
borsh vermelho 65
botifarra 79
Bratwurst 62
brie 83
brigadeiro 50🍲
Brühwurst 62
brunost 58
buter halua 7

C
cacau 42, 100
cachorro-quente 36, 38
café 15, 48, 87, 98, 100, 107
cafeína 51, 55, 100, 107
calamares 79
camembert 83
camu-camu 45
cana-de-açúcar 27, 76
canela 26, 47, 60, 64, 105
cannoli 86, 87
capim-limão 34
capsaicina 41
cará 102, 103
caracóis 79
carbonada criolla 52🍲
cardamomo 5, 7, 8, 24, 26, 29, 105, 107
carne bovina 24, 29, 48, 52, 53, 54
cássia 26
castanha-de-caju 48
castanha-do-pará 49
castanhas de sapucaia 48
cavalinha 59
caveirinhas de açúcar 43
caviar 5, 68, 69
centeio 13, 60, 61, 65, 68, 69, 70, 102
cevada 12, 64
ceviche 45
ch'arki 52, 53
chá 16, 20, 22, 62, 92, 94, 98
chá kushari 98
chá sa'idi 98
chaghaleh badam 10
Chanucá 14
chapati 25
Chef de cuisine 80
chicha morada 47
chili 11, 26, 28, 29, 32, 34, 35, 40, 41, 42, 43, 44, 45, 101, 102, 105, 107
chili com carne 36
chirashizushi 22
chirimoia 45
chocolate 42, 55
chocotorta 55🍲
chop suey 37
chowder 36, 38
churrasco 36, 48, 54
Coca-Cola 100
coco 30, 34, 48, 99
coentro 26
coentro mexicano 31
coentro vietnamita 31
cogumelo boleto-bom 66
cogumelo boleto-de--bétula 66
cogumelo cantarela 66
cogumelo guarda-sol 66
cogumelo sancha 66
cogumelo suillus 66
cogumelos 20, 21, 61, 64, 65, 66, 68, 84, 97
cojonudo 79
comida de rua 43, 62
conservas 64, 65, 68, 71, 95
cranberry, ver oxicoco
cravagem 61
cravo 26, 29, 47
croissant 82, 98
croque monsieur 81🍲
croquetes 79
croquetes de batata, veja papas rellenas
cúrcuma 26
curry 25, 26, 62
Currywurst 62
cuscuz 12, 92, 94
cuscuz doce, veja seffa

D
damascos 6
damascos recheados, veja kaymaklı kayısı tatlısı
Dampfnudel 60
Dia de Ação de Graças 38
Día de Muertos 43
dieta 4
diffa 94
doce de leite, veja dulce de leche
doce mil-folhas, veja mille-feuille
doces com doce de leite, veja alfajores
doces com mel, veja melomakárono
docinho de leite condensado, veja brigadeiro
dolmades 90
donut 38
doro wat 106🍲
dulce de leche 46, 50, 55
durião 31

E
elsholtzia 31
ema ou nandu 54
empanadas 52
enchilada 43
ensete 102, 106
ensopado de frango com ovos, veja doro wat
Eragrostis tef, veja tefe
erva-mate 53, 55
ervas 11, 29, 30, 38, 77, 98
esturjão 68
extrato de carne 54

F
falafel 12, 15, 97, 98, veja também ta'amiyya
fast food 5, 22, 37
feijão 15, 16, 36, 64, 88
feijão com arroz, veja rajma chaval
feijão-verde 15, 17, 98, 99
feno-grego 26, 105
fermentação 13, 16, 17, 20, 21, 22, 23, 28, 33, 35, 42, 56, 57, 58, 59, 65, 70, 73, 86, 87, 95, 97, 104, 106
festejos 9, 10, 14, 36, 38, 43, 69
figo 5, 8, 12, 15
framboesa 66
frango 33
frango com leite de coco, veja opor ayam
frios 36, 60, 62, 64, 65, 73, 74, 79
fruta-pão 30
fufu 103
ful mudammas 97, 98

G
gado-gado 35🍲
gadźar ka halwa 7
galanga 32, 34, 35
gazpacho 78🍲
gelato 87
gergelim 7, 15, 38, 76, 98, 100
ghee 24, 25
ginja 60, 74
gỏi cuốn 29, 31
gorgonzola 86
goulash 73, 74
grão-de-bico 7, 12, 14, 15, 98
gravlax 57
groundnut soup 101🍲
guacamole 41, 42🍲
guanaco 54
guaraná 51
guia Michelin 60, 80
guisado de carne bovina com frutas secas, veja carbonada criolla
gulyásleves 73
gumbo 38

H
habanero 41
halal 9
halászlé 73
halawat tamr 7
halvá 6, 7, 9, 15
hambúrger 36, 37🍲
haraam 9
haute cuisine 81
hawawshi 96🍲
hibiscos 98
homentasch 13🍲, 14
homus 12, 14🍲, 15
huevos estrellados 79
hurka 73

I
imam bayildi 4🍲
ingá 45
inhame 32, 102
injera 104🍲, 105, 106

J
jamón ibérico 77, 79
jamón serrano 77
jejum 9, 10, 58, 69
jollof 102🍲, 103

K
karkadeh 98
Kartoffelklösse 60
Kartoffelsalat 63🍲
Käsespätzle 60🍲
kashrut, veja alimentação kosher
kasza 6, 12, 64, 68, 92, 102
katayef 99
kaymak 7
kaymaklı kayısı tatlısı 6🍲
kebab 5, 8
kibutz 15
kisel 70🍲
kitfo 105
kjøttkaker med brun saus 57🍲
knödel 60
kocho 106
Kochwurst 62
kozhikode halwa 7
kuku sabzi 10🍲
kunafa 99
kutia 64
kvass de pão 70
kwaśnica 65

L
la bomba 79
lagostim 38
laminação 82
latkes 14
Leberwurst 62
leczó 72🍲
leite 12, 20, 24, 25, 38, 41, 42, 60, 64, 65, 80, 83, 86, 87, 90, 91, 98, 107
leite de amêndoas 10
leite de coco 25, 32, 34
levedo 13, 65, 97, 104
lhama 44
limão 8, 27, 34, 45, 47, 80, 88, 93, 95
limnophila aromatica 31
limões em conserva 93, 95
limonada 27
longan 30
lúcuma 45
lutefisk 58

M
maçã 14, 27, 41, 59, 64
macarrão 6, 18, 29, 36, 84, 85, 102
macarrão à bolonhesa, veja tagliatelle à bolonhesa
macis (arilo) 26
makizushi 22
mandioca 40, 48, 51, 102
manga 31
mangostão 31
manjar blanco 46, 50
manjericão 85, 86
manjericão tailandês 30
manteiga 80, 82, 100, 101, 104, 105
manteiga de amendoim 35, 39
manteiga de karité 100, 101
mapo doufu 17🍲
maracujá 45
marinados (picles) 17, 22, 45, 68, 74, 85
marzipã 10
masala 26
mascarpone 6, 86, 87
Maslenitsa 69
massa filo 6, 94
massa madre 97
massa warka 95
massa yufka 6, 12, também massa filo
massas 13, 16, 18, 60, 64, 68, 92, 102
massas cozidas com queijo, veja Käsespätzle